百鬼夜行の恋人

京都の「落とし物」お返しします

原田まりる

○本表紙デザイン＋ロゴ＝川上成夫

百鬼夜行の恋人
京都の「落とし物」お返しします

もくじ

序

京都には魔(ま)が潜(ひそ)んでいる。

あれは沈(しず)む前の西日が、路面と肌に名残惜(なごりお)しそうに照りつける夏の日のことだった。

小学校からの帰り道、俯(うつむ)いて小石を蹴(け)りながら、寂(さび)れたお寺のすぐそばにある路地を私は歩いていた。すると、路地の先に何やら人影が見えた。顔を上げると、ボロボロの袈裟(けさ)を纏(まと)った男が立っていた。男の頭は普通の人とは比べものにならないほど大きく、不気味(ぶきみ)な笑みを浮かべながら手招きしている。私は声を上げる余裕すらなく、恐怖に慄(おのの)きすぐに向きを変えて逃げたのだが、その時妙なことに気がついた。

西日で伸びた自分の影の両腕が、鬼(おに)の手の形をした影に引っ張られていたのだ。勇気を出して鬼の手の影を思い切り踏(ふ)みつけると、なんとか鬼の手から逃れられたが、腕には痣(あざ)ができ、数日間消えなかった。

また不思議なものを見かけることもあった。夜の鴨川沿いで、枝垂れ桜の下に佇み、まっ黒な歯を剝き出しにしてニタリニタリと笑う白装束を着た女の姿。鞍馬山の広大な紅葉の木々の間を自由自在に飛び移る、半纏を羽織った天狗のような人影。

京の町には不思議な者たち、「魔」が共存している。けれども魔の者たちを見たことを、他の人に言ってはならない。

なぜなら、多くの人は見えることを不気味がるから。

そして言ってはいけない理由はもう一つ。

見えていることがわかったら、魔の者たちを呼び寄せてしまうから。

けれども陰の世界の中には人を惹きつける不思議な魅力がある者がいる。頭では危険だとわかっていても、心が魅力に抗えない。そんな陰の世界の者たちが持つ引力を、魔性と呼ぶのかもしれない。

第一章　百鬼夜行は魔性の微笑み

真夜中の商店街、霜が降りて冷え切ったアスファルトの上を、私は靴も履かずに必死で走っていた。路面の硬さと霜の冷たさで、一歩踏み出すたびに足の裏に痛みが走る。けれども今は痛みに気をとられている場合じゃない、早く逃げ切らないと。

路面をうねうねと這う漆黒の不気味な化け物は、ねずみ花火のように不規則に動き、私の背面に迫る。ほのかな街灯に照らされた時、鱗のような皮膚に椿模様が浮かび上がる様を見て、私は思わず驚きの声を上げた。化け物は、いつの間にか飲み込んだ私の白いスニーカーを体の先端から吐き出し、それを首のようにこちらに向けたかと思えば、アスファルトの中に潜り路面の下を掘りながら突進してきた。

「誰か！　助けて！」

大声を上げたものの、まるで深海のように静まりかえった真夜中の商店街では、叫び声も虚しく響いては消えていく。漆黒の化け物から逃げ切ろうと、角を曲がった時、少し先の暗がりで提灯の明かりがほのかに揺れていた。目を細め凝視すると、提灯を持った人の行列らしきものが見えた。私は息を切らしながら、掠れた声で叫んだ。

「お願いします！　助けてください！」

必死の叫び声に反応して、揺れていた提灯の明かりがぴたりと止まった。やっと声が届いたようだ。しかし「助かった」と思ったその瞬間、心臓を掴まれるような恐怖が全身を駆け抜ける。

振り向いたのは人のような形をした、人ならざる者たちであったからだ。毛のない獣のような赤みがかった皮膚を持ち、牙が生え、額に三つ目を持った鬼のような者。その隣にいるのは茶臼のような頭にぎょろぎょろと剝き出しの目をつけた者。この世のものとは思えない不気味な者たちが一斉にこちらを見ていた。

「おい、人がいるぞ」

「どうする？　食ってしまうか？」

提灯を手に持った人ならざる者たちは、こちらに提灯を向けて歩いてくる。どうやら地獄に仏はいないようだ。

けれども後戻りをしたら、あの漆黒のうねうねした化け物に襲われる。一体どうすれば……。どちらに逃げることもできずに右往左往していたその時、行列の先頭から声が聞こえた。

「何してんねん。人間を襲うのは悪因悪果を教える時だけにしとけって言ってるやろ」

聞き覚えのある艶やかな声。声のする方に目を向けた時、昼間に感じた奇妙な感覚が蘇ってきた。本能が囁いているにもかかわらず、全身の細胞が昂ぶり惹きつけられるようなあの感覚だ。

「なんや、昼間のお嬢ちゃんか」

薄ら笑いを浮かべて近づいてきたのは、昼間にお店にやってきた高貴な猫のような美しい男性だった。

私はふと、おばあちゃんが昨日の朝、去り際に言っていた言葉を思い出した。

＊

「紫苑、落とし物の縁を大事にしてや」

女手一つで私を育ててくれたおばあちゃんは、しわくちゃの柔らかな両手で私の手を優しく包み、小さな声でそう言い残すと、叔父さんにおぶさって車の後部座席に乗り込んだ。

大学一年生の新年も明けてしばらく経った日のこと、おばあちゃんは脚が動かなくなり、「一旦、娘のところで面倒見てもらうよ」と叔父さん夫婦のところへ行くことになった。病院で精密検査をしても原因不明とのことで、治療法も見つからず、すぐに介護が必要な状態になってしまったのだ。おばあちゃんと離れるのは寂しいけれど、どうすることもできない。我慢して見送るしかないと自分に言い聞かせ、グッと涙を堪える。

私は物心ついた時からずっとおばあちゃんと二人暮らしをしていた。両親は私が生まれたばかりの頃に交通事故で帰らぬ人となってしまい、両親のことを懐かしみたくても、顔が思い出せなかった。

そのような経緯があり、実質、おばあちゃんが母親のような存在であったので、いろんなことを教わった。学校の友達に話せないようなことも、おばあちゃんは親身になって聞いてくれたのだ。

私は幼い頃から不思議なものが見えるという特異な悩みを抱えていた。小学校の帰り道に、人ならざる者に遭遇してしまい、仲の良かった友達にその不思議な体験を打ち明けたことがある。しかし次の日に学校に行くと、特殊な家庭環境であることと紐づけられ、「親がいないから、嘘つきになんのちゃう？」とからかわれるようになってしまった。

けれどもおばあちゃんだけは、私の話が本当だと信じ、寄り添って聞いてくれた。そしてこっそりと私に教えてくれたのだ。

「ここは魔界と洛中の境界線やからね」と。

魔界との境界線、その摩訶不思議なお話は子供心をくすぐった。

おばあちゃんによると、家のすぐそばにある一条戻橋は、その昔、いわくつきの場所とされていたとのこと。『平家物語』には、美しい女性が泣いていると思って馬に乗せると鬼の姿に変わり、武将を襲ったという伝承がある。また『撰集抄』では、父親の訃報を聞いて修業先から駆け戻ってきた僧侶が、父親の葬列とこの橋の上で出くわした際に棺に祈ると、父親が一時的に息を吹き返したという言い伝えがある。また陰陽師・安倍晴明がこの橋の下に式神を隠していたとも言われている。

どうやら平安京があった時代、京域の北端にあった一条戻橋の外は異界とされていたようで、一条戻橋は異界と当時の洛中を繋ぐいわば架け橋であったらしい。現代でも、旅行に行く際にこの橋を渡ると無事に戻れるとされ、逆に婚家に嫁ぐ際、この橋を渡ると出戻りになるというので縁起が悪いと避けられているのだ。

橋の伝説が本当ならば、両親はこの橋を渡らずに出かけてしまったのだろうかと、心を痛めたこともあったが、大人になるにつれ、愛情を注いでくれるおばあちゃんへの感謝の気持ちが芽生えていった。世の中には、悩んでもどうにもならないことがある。暗い気持ちでいると、渦（うず）の中に足を引きずり込まれてしまうような感覚に、毎度襲われる。私は渦に足を取られないように、できる限り前向きに物事を捉（とら）えるように心がけていた。

　長年一緒に暮らしたおばあちゃんと離れることになるという事実は、なかなか受け入れがたい変化だった。けれども、悲しい気持ちでいてもどうしようもない。叔父の運転する白い乗用車を見送り、感傷（かんしょう）に浸（ひた）っている私の目を覚まさせるかのように、冬の空気が頬（ほお）や指先を冷たく撫（な）でる。

　一人でもしっかりと家のことをやらなきゃ。寂しさを紛（まぎ）らわせるには多忙が一番だとどこかの文豪（ぶんごう）も書いていた気がする。

　そういえば今日は節分だから、玄関に飾る柊鰯（ひいらぎいわし）を作ってみるのもいいかもしれない。節分が近づくと、焼いた鰯の頭を葉のついた柊の枝に刺して玄関に飾るという風習が京都にはある。鬼が近づかないように魔除（まよ）けとして飾るらしく、このようなしきたりには意味が込められているとおばあちゃんもよく言っていた。

　私はニットの両袖（りょうそで）をぐっと引っ張って指先が隠れるようにしてから自転車に跨（また）がる。冷えたサドルにお尻（しり）がつかないように少し腰を浮かして、ペダルを踏み込んだ。

「何これ？」

自転車を家の前に止めた時、玄関の前に落ちていた小さな印鑑入れのような和小物が目に入った。大きな椿模様があしらわれた織物で作られた和小物だ。何に使うものなのかはわからないが、年季が入っていて新しいものではない。

「落とし物かなぁ、それかお店のもの？」

自転車のカゴからスーパーの袋を取り出してから、家の一階部分にある骨董品屋の入り口のチェーン錠を開けた。

おばあちゃんはこれまで、一階で骨董品屋を営んでいて、私たちの住居は二階にあった。お店には古い箪笥や、壺、動物の置物などが雑多に並んでいる。骨董品というよりも珍品堂という方が近いのかもしれない。とりあえず和小物はお店にしまっておこうと、おばあちゃんがいつも腰かけていた座布団のある側の机に置こうとしたその時だった。

誰かが、お店の暖簾を手でめくりながら入ってきた。

「すみません、あいにく店の者はしばらくの間、お休みをいただいておりまして……」

拾った和小物を一旦机の上に置いて振り向くと、立っていたのは灰色の着物に白い羽織姿の若い男性だった。私は、こちらを見つめる彼の姿に一瞬で目を奪われてしまった。すらっと背が高く細身で、サラサラの髪。シャープな輪郭に三白眼の大きな目。高貴な猫を思わせる美しい顔立ち。まるで物語から飛び出してきたような姿に、話すことを忘れ、見惚れてしまっていた。

「なんや、俺のことが見えるんか？」

その男性は少し驚いた表情で呟いた。

「はい、どうされましたか？」

慌てて返事をすると、男性は顔をしかめてずいっとこちらに近づいてくる。

「ほんまに見えてるんか？　……この羽織紐何色に見える？」

男性は仏頂面で胸元についている編み込まれた紐を指さした。

「えっと、白っぽいクリーム色ですかね……」

言い当てると、男性の口元が少し緩んだ。自分の姿が見えているかを念入りに確認してくるとは、ちょっと変わった人のようだ。

「おばあが用意してくれたんやな。あんたとおばあはどういう関係なん？」

男性は首を伸ばすようにしてさらにこちらに近づいた。解像度を上げても毛穴が見あたらない陶器のような肌だ。私は規格外の美しさに殴られたかのような衝撃を受ける。

「孫です。祖母は親戚の家でしばらく休養することになりまして、祖母が戻ってくるまでお店は閉めるつもりなんです」

微妙に話が噛(か)み合っていないような気がしながらも、私はひとまず質問に答えた。すると男性は、試すような目つきでまじまじと顔を覗(のぞ)き込んできた。

「孫か。なら俺のことが見えるのも納得やな。じゃあ落とし物はあんたが担当するってこと？」

「落とし物？　そういえば祖母も似たようなことを言ってましたが、何か落とされたんですか？」

「もしかして何もわかってへんの？」

「何かお探しでしたか」

「よくわかってへんみたいやな」

男性は意思の疎通(そつう)を諦(あきら)めたような口ぶりで話をやめてしまった。もしかすると大事なお得意様を怒らせてしまったのかもしれない。骨董好きの数奇者には実業家が多いと聞いたことがあるから、この人も実は若くして何かしらの成功者でおばあちゃんのお得意様だった可能性がある。

「あの、すみません。お名前をお伺いしてもよろしいでしょうか？　もし伝言があれば祖母に伝えておきますので――」

「いや、ええわ。でもあんたが何も知らんのやったら、一個忠告しとくわ」

そう言って男性はふっと鼻で笑うと、踵(きびす)を返し再び暖簾をめくりながらこちらに振り向いた。

「節分が来たからな、入れ替わるから準備しとかな大変なことになるで」

「えっと、何が入れ替わるんでしょうか？」

「そやな、あえて言うなら……陰と陽(よう)やな」

ニヤッと笑う彼の表情には、どこかもの恐ろしさもありながら、人を吸い寄せるような色香が漂(ただよ)っていた。童話に出てくる美しい魔女、もしくは悪魔のような……本能が、近づいてはいけないと警告しているにもかかわらず、なぜか強烈に惹かれてしまう不思議な魅力を放っていた。男性の後ろ姿を見送りながら、心の声が漏(も)れてしまっていた。

「あれが魔性(ましょう)の魅力ってやつなのかな」

彼が去ったあとも、心の高揚(こうよう)は止まらなかった。一目惚れというものを体験したことがないのでわからないが、彼が持つ魔性の魅力が私の心に取り憑(つ)いたように感じた。恋と呼ぶには彼を知らなすぎるし、おこがましい気もしていたが、体中の細胞が彼に引っ張られているような妙な心地だったのは確かだ。

近所から夕飯の支度の匂いが漂ってくる頃、私は畳の上に寝転んで鰯の匂いがこびりついた手でスマホを触っていた。

「柊鰯って、ヤイカガシっていう名前なんだ。へー元々は呪物なんだ」

柊に刺す予定の鰯の頭をしっかり焼きすぎてしまい、柊に刺した部分がボロボロと崩れてしまったので、呪物作りは失敗に終わり、余った鰯の身は生姜煮にして食べることにした。恵方巻きと鰯の生姜煮、一人暮らしにしてはなんともバランスが取れた食事だ。

一人きりの家は想像していたよりもずっと静かで、見慣れているはずの廊下の暗がりがいつもより薄気味悪く感じる。けれどもこういう時は、怖がれば怖がるほど、恐怖の渦がどんどん大きくなり私の足を引っ張ることを知っている。ひとまず怖さを紛らわそうとテレビをつけると、吉田神社の節分祭の中継が流れていた。

雪が降りしきり、見物客のフラッシュが光る中、法螺貝が吹かれ、松明を持つ小童を従えた鬼が周囲を威嚇しながら闊歩していた。アナウンサーの女性が「鬼のような姿をしているのは、鬼ではなく黄金の四つ目の仮面をかぶった方相氏で……」と丁寧な解説をしている。京都に住んでいるとお祭りで季節を感じることが多い。春なら葵祭、夏は祇園祭と五山の送り火、秋は時代祭、冬は節分祭といった具合に、季節ごとに大きな祭事がある。

「そういえば、おばあちゃんが節分だから落とし物がどうとか言ってたなぁ。あれ何のことだったんだろ」

ふと、昼間家の前に落ちていた和小物のことが頭をよぎった。あれは一体誰のものなんだろうか？　もしかして落とし物ってあれのこと？　でもおばあちゃんが出ていったあとのことだし知るわけないか……。テレビを眺（なが）めながらぼんやり考えごとをしていると、夜風が窓をガンガンと叩いた。今まで気にもとめなかったような風音が、今日はやたらと不気味に感じる。でも気にしちゃだめだ。寝るのにはまだ時間が早いが、今日はもう寝てしまおう、そう思って押入れから布団を出し部屋の明かりを消した。

眠っていたのか寝入る間際なのか、意識が朦朧（もうろう）な時、ガンガンとさっきよりもうるさい夜風の音が聞こえた。音が気になって寝つけそうにもない。仕方がないから雨戸を閉めようと、枕元にあったスマホを握（にぎ）り、起き上がろうとしたその時だった。

ぎっぎっ、ひたひたひた……

床（ゆか）が軋（きし）む奇妙な音が廊下の方から聞こえてきた。息を潜（ひそ）め、耳を澄（す）ましてみるが、聞き間違いではない。ぎっぎっ、ひたひた……何かがこちらに近づいてくるような音が聞こえる。急いで電気をつけようと、天井にある紐に手を伸ばしたその時だった。廊下から掠れたおどろおどろしい声が聞こえた。

「ガセ……サ……ガセ……」

　これは見てはいけない忌まわしい何かだ、私は本能的にそう感じたが、次の瞬間、右足に紐が纏わりつくような感触がした。

「きゃっ！！！」

　驚いて足を蹴り上げると、畳の上に一メートルほどの長さの漆黒のうねうねした物体が叩きつけられてもぞもぞと動いていた。漆黒の物体は不規則な動きで蛇のように上体を起こすと、食虫植物のように大きく口を開き、こちらに襲いかかってきた。

　私は転がるように階段を下り、急いでスニーカーを履いて玄関の鍵を開けた。しかし、うねうねとした漆黒の物体は階段の中腹から体を伸ばし、スニーカーにしがみつくように纏わりついてきた。私は咄嗟にスニーカーを脱ぎ捨て、死に物狂いで雪が降りしきる外へと逃げた。その時だった、昼間の彼と出会ったのは。美しいけれどもどこか残酷さを感じさせる魔性の笑みを浮かべて、こちらに近づいてくる。ただ昼間と違ったのは、彼がなぜか見るもおぞましい妖怪の行列を引き連れているということだ……。

どうして彼が妖怪の列を従えて歩いているのかはわからないが、私は藁にもすがる思いで彼に向かって叫んだ。

「あの、助けてください！　急に不気味なものに襲われて……!!」

彼は落ち着いた様子で呟いた。

「言ったやろ、今日で陰と陽が入れ替わるって」

「それと何か関係があったんですか？」

「節分はな、人間にとって一年で最も恐ろしい日や。まぁ俺らにとったら祝い日やけどな」

そういうと、彼は自分の右の手のひらに息を吹きかけ、そこに白い火の玉のようなものを出現させた。

そしてその火の玉を手のひらで弾ませながら、さっきよりも鋭い視線をこちらに向けている。

「それはなんですか……」

「ほんまになんも知らんようやな、でも知らんで済まされるような甘い世界とちゃうんやここは」

彼は冷たい口調で、白い火の玉を勢いよくこちらに向かって飛ばしてきた。だめだ、避けられない！

　咄嗟に頭を抱え、目を瞑ってしゃがみ込んだその時、私の背後から断末魔のような叫び声が響きわたった。

「ギャァァァァァァ」

　驚いて振り向くと、私を追いかけてきていた漆黒のうねうねした化け物が、電気を食らったかのように痺れて路面をのたうちまわっていた。

「お嬢ちゃん、俺がいな食われるとこやったで、こいつに」

　私に向けて投げられたと思ったが、どうやら漆黒の化け物に向かって投げつけたらしい。

「あ、あ、ありがとうございます……」

　なんとかお礼を伝えたものの、恐怖と寒さで口はガタガタ震えていた。一体何が起こっているのかわからないが、一歩間違えれば私の命が危ない状況にあるということは、本能的に察している。

「おばあに教わらんかったか？　呪文」

　私の無知さに呆れているのか、疲れたようなため息交じりの声で彼は呟いた。

「呪文？」

「百鬼夜行に遭った時〝カタシハヤ　エカセニクリニ　タメルサケ　テエヒ　アシ

エヒ　ワレシコニケリ〃って唱えたらええって、この辺やと常識やろ」

この辺の常識？　それに百鬼夜行？　彼が話している意味が全く理解できない。けれども、私に危害を加えるつもりはなさそうだ。

「……ごめんなさい、覚えきれないのでもう一回言ってもらえませんか。メモするので」

握ったままだったスマホのロックを急いで解いたが、彼はさらに大きなため息をつくだけだった。

「節分やのにヤイカガシを飾らんかったってとこか。落とし物を返さんかったらまた襲われるで。今回は助かったけど、次は命があるかどうか……」

「どうすればいいんでしょうか、なんでこんなことに……」

困惑しっぱなしの私を見て、男性はさっきまでと打って変わり柔らかな笑みを浮かべ、私の頭を優しく撫でた。渓流の水のような手の冷たさが頭に伝わってきた。

「ほんまになんも知らんのやな。まぁ、俺が手助けしたげることもできるけど、それには契約が必要や」

「契約、ですか？」

「明日の丑三つ時にここに来たら……契約を結べるわ」

彼が指を鳴らすと、あたりは真っ暗になった。シャッターの下りた商店街が立ち並んでいたはずの風景が一変し、目の前は見知らぬ神社の入り口で、暗がりに大きな鳥居がそびえていた。まるで異空間に飛ばされたようだ。

「えっと、ここはどこですか？」

「今日は魔物がその辺にうようよいるからな、場所を嗅ぎつけられても困るし言葉に出すことはできひん。でも〝手がかり〟は与えたで。ほな、俺はそろそろ行くわ」

そう言い残して、百鬼夜行の妖怪たちを引き連れて暗がりへと消えていった。

＊

「ここに来いって言ってたけど、あれはどこなんだろう」

彼が去り際に、私に見せた異空間には大きな鳥居が立っていた。目を瞑って思い出してみるものの、真っ暗な風景で神社の入り口に大きな鳥居が立っていた、ということしか思い出せない。そもそも彼は何者なんだろうか、手のひらから火の玉のようなものを出していたし、彼も人ならざる者なのだろうか。だからあんなに自分のことが見えるということに驚いていたのかもしれない。

言われた通りに誘いに乗るのも危ないかもしれない、でも私のことを助けてくれたし……。いろんな思いが交錯して、どうすべきなのか答えが見えてこない。ただ、昨日みたいな怖い思いをするのはもう絶対に嫌だ。

私は意を決して、昨夜の記憶を手がかりに、めぼしい神社にあたりをつけてみることにした。けれども京都にある神社の数は千七百以上とも言われている。似たり寄ったりの鳥居を探し出せるのだろうか、私は神社を検索して、似た場所に出かけることにした。

「ここも、なんだか違う気がする……」

自転車に跨がったまま鳥居を確認して、私はまたペダルを漕いだ。一日中自転車を漕いでめぼしい神社を回ったが、昨夜の記憶と一致する神社にはなかなか辿り着けなかった。覚えているのは暗がりの中、木々が生い茂っていて、鳥居の前に数段の石段があること。そして鳥居には注連縄がかかっていた。けれどもそれ以外に特徴的なものはなく、夜の神社、という以外手がかりは何もない。

このまま闇雲に探しても、見つからないかもしれない。でも見つからなかったらまたあの魔物に襲われるかもしれない。どうしたらいいんだろうかと思い悩めば悩むほど、心の奥から昨夜の恐怖が込み上げてくる。速まる鼓動を誤魔化すように必死で自転車を漕いでいると、曲がり角から何かが飛び出してきた。

「わっ‼」

自転車のライトに何かが反射して光り、驚いてブレーキを強く握る。静かな住宅街に、ブレーキが軋む音が響きわたった。自転車のかごの先をまじまじと見ると、光っていたのは動物の目のようである。暗がりに溶け込んでいて一瞬わからなかったが、よく見ると黒猫だ。しなやかな体つきの黒猫は「注意しろよ！」と言いたげにじっとこちらを見てから「ニャ！」と短く鳴き、どこかに走っていってしまった。

「あーびっくりした、猫か……」

突然のことで驚いたが、ぶつからなかったことに安堵しつつ再びペダルに足をかけたその時、ふと違和感がよぎった。

「もしかして、重要なことを見落としてるかも……」

昨日見せられた神社はなんの変哲もない普通の神社であると思っていたが、一つおかしいところがあるような気がしてきた。本来だったら目立つはずのものが、目立つことなく暗がりに溶け込んでいた気がする。もしかすると、これが彼の言っていた〝手がかり〟なのかもしれない。私は違和感の正体を確認すべく、すぐさま自転車を走らせ、先ほど立ち寄った神社へと戻ることにした。

「やっぱり、思った通りだ」

神社に到着すると、違和感は確信へと変わった。違和感の正体は鳥居だ。夕陽のような鳥居の朱色は、堂々と色を放ち、暗闇に交わることなくしっかりと輪郭を保っている。

彼が言っていた手がかりはきっと鳥居の色のことだったんだ。昨日見た神社は一見どこにでもあるように思えたが、一つおかしなところがあった。それは、鳥居の色だ。鳥居が朱色ならばもっとはっきりと存在感を放っていたはずだ。けれども、昨日見せられた風景に朱色の主張はなかった。見えたのは夜の闇に溶け込んだ黒い鳥居である。

つまり、彼が出した手がかりは暗闇に馴染んでしまう鳥居、おそらく「黒鳥居」のことだったのだ。京都で黒い鳥居が見られる場所といえば……嵯峨野にある野宮神社しかない。ここから嵯峨野までの所要時間はおおよそ一時間。私は漕ぎ疲れて重くなった太ももをほぐすように叩き、死に物狂いで野宮神社へと向かった。

「はぁはぁ、ここだ、間違いない」

自転車を止めて見上げた鳥居は、漆で艶やかに彩られた一般的な鳥居と違い、樹皮が露わになっていて歴史を感じさせる威厳を放っていた。すると、鳥居の先に彼の姿が目に入った。とたんに安心感で体の力が一気に抜ける。ああ良かった、やっぱりこの神社のことを言っていたんだ。途中で手がかりに気がつかなかったら、今頃どうなっていたのだろう。

自転車に跨がったまま彼に手を振るが、彼は、こちらの笑顔など完全無視といった様子で、哀れむような目を向けながらゆっくり歩いてきた。

「手がかりがちゃんと読めてたんや、事故にでも遭ってるんちゃうかと心配やったわ」

心配しているような口ぶりだが、表情がなんだか嘘っぽい。ああ、これはあれだ。京都弁だ。

「事故にでも遭っていたらどうしようかと思った」はおそらく建前で、本音は「遅いぞ、何遅刻しとんねん」と言いたいんだということが、長年の勘でわかった。京都に長く住んでいる人には、京都弁に隠された意図を読み取ることができる特殊能力があると思う。

私は自転車を鳥居の端に止めて、彼に駆け寄った。

「待たせてごめんなさい！　なんとか辿り着きました」

「もう帰った方がええやろかと迷ってたけど、無事で良かったわ」

皮肉を畳みかけてくるが、これに真面目に応対していても何もいいことはない。

鈍感な振りをして優雅に受け流すのが、嫌味に負けない流儀だ。

「あの、ここで何をするんですか？」

彼は鳥居の下の石段に腰かけ、ふっと笑った。細い髪が風になびき、木々は囁くように葉を揺らしていた。

「そやな、昨日あんたを襲った妖やけどな、あれの正体から話すのがええかな。まぁここ座り」

彼の目配せに従い、私は彼の隣に少し離れて腰かけた。石段の冷たさがお尻に伝う。

「さっそく本題に入るけど、昨日のあれはな、落とし物なんや」

彼は落ち着いた口調でゆっくりと語り出した。そういえばおばあちゃんも落とし物がどうたら言っていたが、それと関係があるってことだろうか。彼は怪訝な顔をしている私をちらりと見て、さらに話を続ける。

「何かしらの未練があるんやろうなぁ。物に未練が宿るとな、付喪神になって百鬼夜行の行列に交じるんや。けどな、たまに百鬼夜行の行列から抜ける奴がいるんや。俺らはそれを落とし物って呼んでるねん」

にわかには信じがたい話だが、そういえば私を襲ったうねうねした不気味な化け物には椿模様があった。あの模様は家の前に落ちていた和小物と確かに同じ柄だ。

つまりあの和小物が付喪神となり、落とし物になって私を襲ったのだと悟った時、思わず背筋が凍った。

「えっと、あなたはその……一体何者なんでしょうか？」

すると彼は、意味深な笑みを浮かべた。

「お嬢ちゃんも気づいているやろ、俺が人間じゃないってことくらい」

自分の常識が及ばない不思議な存在が京都にいるということは、幼い頃から実感があった。けれどもこのことについて、おばあちゃん以外の人（本当は人ではないけれど）にちゃんと話すのは初めてだ。ましてや不思議な存在そのものと言葉を交わす日が来るとは思ってもみなかった。

「正直、ちょっと混乱しています。その……不思議な存在がいるということは何となく感じていたんですが、話したりするのは初めてで」

「俺は百鬼夜行の長や。つまり変化大明神や」

百鬼夜行を引き連れていたのは、そういうことか。変化大明神という単語は初耳だけれども、彼の得意げな表情から察するに、きっと名誉ある称号なのだろう。

「あの素人質問で申し訳ないんですが、変化大明神っていうのは……なんなんでしょうか？」

「は？　知らんとかあんの？　普通知ってるやろ！」

彼は目を丸くして唾を飛ばす勢いでまくし立ててきた。こんなに必死になるということは、おそらくものすごい権威なのだろう。地雷を踏んでしまったかもしれない。

「ごめんなさい、妖怪とかに疎くて！」

「変化大明神っていうのはな、百鬼夜行の付喪神が崇める神のような存在や。まぁ神いうても実際はただの役職なんやけどな。『百鬼夜行があまりにも悪行を働くからどうにかしてくれ』って人間に頼まれた閻魔大王が、百鬼夜行を取り仕切る役職を設けたんや」

「閻魔大王って実在するんですか？　ってことは地獄も……」

「せやで。閻魔大王がいる閻魔庁は組織化されていてな、地獄に行くかどうかもそこで判断されるんや」

「閻魔庁？　なんか役所みたいですね」

「変化大明神の役職を任された妖はな、任命されている間は永遠の命を得る。付喪神よりも寿命が長いんや。俺はその名誉ある役職に就いとるわけやから、その辺の妖より偉いってことや」

はっきりと自分は偉いと宣言する人は初めてだったので少し困惑したが、逆に清々しいなとも思った。

要するに変化大明神は付喪神を取り仕切るリーダーのような存在で、閻魔大王から任命を受けるということらしい。不思議な存在たちの世界にもそんな秩序や組織があるなんて知らなかった。でもそれがうちとなんの関係があるのだろうか。

「変化大明神のことはなんとなくわかりましたが、その……うちとはどういう関係なんでしょうか？」

「お嬢ちゃんの家はな、代々落とし物になった付喪神を持ち主に返す家業をしてるんや。浄蔵貴所っていう僧侶が昔おってな。その血筋なんや。それは知ってるか？」

浄蔵貴所、という単語はおばあちゃんから聞いたことがあった。一条戻橋にも由来がある僧侶だ。けれども付喪神の話は初耳だ。おばあちゃんが、隠れてそんな家業をしていたとはにわかに信じ難い。私は一緒に暮らしていたけれども、ずっと骨董品屋だと聞かされていて、付喪神がどうこういう話は一切聞いたことがない。

「付喪神返還人は、落とし物となった付喪神を持ち主に返すことだけが務めや。陰の世界の者と繋がることができても、陰の者の力を私欲で利用するようなことがあれば天罰が下る。落とし物を返せないとなると、落とし物に襲われる。過酷な任務や」

「おばあちゃん、なんでそんな危ないことを続けてたんですか……」

「理由なんてあらへん、その血を継いだ者としての生き方を全うしてるだけや。一回落とし物になってしまった付喪神は、持ち主に返さんと邪気を増幅させて人を襲い出すんや。節分は陰と陽の気が入れ替わる日や。陰の気を受けてあんな風に暴れ出す奴も出てくる」

話を聞いても、頭の中にどうしてもイメージが浮かばなかった。私が知っているおばあちゃん像と一致しない。けれども彼がこんな設定に凝った嘘をつく理由も見当たらないし、実際に百鬼夜行と歩いていたし、疑っていたい訳ではない……しかし、本当だとも信じがたい。ただ私が小さい頃から、おばあちゃんは陰の世界のことを知っているような話しぶりだった。人ならざる者を見かけたと話した時に、信じてくれたのはおばあちゃんだけだったことを思い出した。

「百鬼夜行の秩序を保ってるのは俺やけど、落とし物を持ち主に返すのがあんたの家の役目で、変化大明神と付喪神返還人は持ちつ持たれつの関係や。要するに、返さんかったらあんたがまた襲われる危険があるってことや」

頰杖をつきながら語る彼は、少し明るい茶色の澄んだ瞳をこちらに向けた。美しさの中に感じるどこか危険な魅力は、彼が持つ三白眼のせいかもしれない。見つめているようにも獲物を逃すまいと睨んでいるようにも見える不思議な魅力を秘めている。照れ隠しで目を逸らしたものの、魔性の魅力に捕らわれてしまったのか、鼓動が速まるのを感じる。けれども彼は人ならざる存在だ、こんな風に好意を抱いていい相手ではないはずだ。

「そこで提案なんやけどな……俺の恋人にならへんか？」

「はい？」

まるで私の心を読んだかのような突然の申し出に、思わず声が裏返ってしまった。彼の恋人に？　どういう文脈？　しかも彼は人間じゃなくて、ましてや百鬼夜行の長で……どう考えてもおかしいことのような気がする。すると彼は綺麗な指で、私の髪を撫でた。

「本気で言ってるねん」

体温が一気に上昇し、顔まで熱くなっているのがわかった。今おそらく私の頭と心は分離している。魅力的な異性に告白されて舞い上がるような高揚感と、駄目だという理性の声がせめぎ合い出した。そういえば初めて彼に会った時も似た心地がしたのを思い出した。魔性の笑みを向けられ、吸い込まれるような感覚と、本能が危険だと警告を送っている感覚。二つの感覚が拮抗していて、どちらに従うべきなのかがわからない。まるで目の前に美味しそうな果物があり、その果物には猛毒があるとわかっているにもかかわらず、思わず手を伸ばしてしまうような……抗うのが難しいほどの魅力が彼から溢れていた。

「昨日、助けてやるって言ったやろ？　実は……俺の力を貸してやるには恋人契約が必要なんや」

返事に悩む私を見かねてか、彼は急に私の頭を引き寄せ耳元で囁き出した。脳で反響するような甘い声がさらに私を混乱させる。

「そうなんですか？」

「ああ。野宮神社は縁結びの神様やろ。陰の世界にもいろいろ縛りがあってやな……ここで契約を交わしたら守ってやることができるねん。どうする？」

あまりの緊張に話の全貌が頭に入ってこないが、彼に手助けしてもらうには契約が必要で、それには恋人になることが必須ということだろうか。契約が必要なら仕方がないのかもしれない。また怖い思いをするのは嫌だし、今のところ拒否する理由は、根拠のない本能からの危険信号以外にないわけだし。

「必要なら……わかりました」

私の返事を聞くと彼はすっと立ち上がり、こちらに手を差し伸べた。

「じゃあ、契約に行こか。恋人になるんやし俺に敬語は使わんでいいで。そや、まだ名前聞いてへんかったな」

「あ、ああ私は、奥田紫苑……です」

お互いの名前も知らない状態で、恋人になろうなんて順番がおかしいかもしれない。友達に話せば「騙されているよ」と一蹴されそうな恋の始まりだ。

「紫苑か、俺は雅や。よろしくな」

そういうと雅はまたどこか残酷に見える魔性の笑みを浮かべた。見上げた彼の背を満月が怪しく照らしている。私は彼に吸い寄せられるかのようにそっと指先を預けた。なんと、生まれて初めて恋人ができてしまった。しかも恋人は、人間ではない。百鬼夜行を束ねる、人ならざる者だ。

手水舎で手を清めたあと、二拝二拍手一拝を済ませると、雅は本堂に向かって声をかけた。

「六条御息所、連れてきたで」

しばらくの静寂が続いたあと、目を疑うようなことが起こった。本堂の奥から、黒い着物を身に纏い髪を結った品位溢れる女性がすっと姿を現したのだ。細面に切れ長の目、襟元から覗く長めの首がより顔の小ささを強調させている。雅とはまた違った古風な美しさを醸し出している。本堂から出てきたということは、彼女は野宮神社に祀られている神様か何かなのだろうか。この二日間で、これまでの人生で見た数を超える人ならざる存在に会ってしまっている。

「雅か。ついに見つかったか」

「ああ、ここにそんな効力があるとは知らんかったわ」

二人は昔からの知り合いなのか親しげな様子だった。六条御息所と呼ばれる女性はピンと張った姿勢を崩すことなく、こちらにすっと視線だけ落とした。六条御息所、どこかで聞いたことがあると思ったけれども、思い出した。『源氏物語』に出てきた人物だ。どこをとっても完璧な女性であり光源氏と不倫関係になるが、光源氏が夕顔という新しい愛人を作り、さらには不仲だと聞いていた正妻・葵上の懐妊が発覚し、思い悩むというメロドラマのような展開の主要人物だ。六条御息所は嫉妬に狂うあまり霊となり、人を呪い殺すという物語だったはずだが、なぜ架空の人物がここにいるのだろう。

「六条御息所って確か『源氏物語』に出てきた人だよね、なんでここにいるの？」

「野宮神社は『源氏物語』の聖地になってるからな。参拝客の念から生まれてここに棲みついてるんや。人の念は怖いで。無に魂を宿すことがあるからな」

この世界には、私の常識では語れないものがあるようだ。

「名はなんと申す」

「奥田紫苑です」

「ずいぶんおぼこいようだが大丈夫か？　雅と千歳以上離れているように見えるが……」

「そんなに？」

驚いて雅を凝視する。どこからどう見ても老いを感じさせない青年だ。見た目だけでいうと五歳ほど離れているのかなと思っていたが、千歳とは予想をはるかに超えた高齢だ。

「紫苑、雅を恋人として受け入れるということで間違いないか？」

「は、はい。間違いありません」

「まぁ恋人と言ってもだな……」

詩を読むようにゆったりと語る六条御息所の話を遮り、雅は口早に急かし始めた。

「細かいことはええから、契約すませてまおう」

「まだ夜は長い。最後まで話を聞いてからに——」

「紫苑、六条御息所の方に手をかざしてくれ」

雅の性急ぶりに、六条御息所は諦めたようにため息をついた。長い話を聞くのが苦手なのか、何をそんなに急いでいるのだろう。一瞬、違和感がよぎったが、なんとなく雅の圧に負けて私は手をかざした。

「薬指の烙印を選ぶということか？　契約の証しは二種類あり、一つは薬指の烙印。もう一つは眉を落とし、お歯黒を塗るというものだ。紫苑、どちらを選ぶ？」

「……絶対に前者でお願いします」

わからないことだらけだが、眉を落としてお歯黒を塗るのは絶対に嫌だということだけは、はっきりわかった。

両手を本堂の方にかざすと、六条御息所は結った髪をほどき、結んでいた朱色の紐にふっと息を吹きかけた。紐は宙を漂い、私と雅それぞれの左手の薬指に巻きついた。血のようであり、鳥居のような深い朱色の紐は、手の角度を変えて眺めると傷痕(きずあと)のようにも細い指輪のようにも見えた。

「その紐には私の妖力が込められている。これで契約は済んだ。これでお前たちは……晴れて恋人同士となる。まぁ恋人というと聞こえはいいが、実際のところは身元引き受け人になるのだから互いに責任を持つように……」

身元引き受け人？　また聞きなれない言葉が出てきた。恋人契約とはまた別の意味合いがあるのだろうか。言葉の真意を尋(たず)ねようと雅の方を見ると、雅は口元を緩ませて笑いを堪えていた。

「どう……したの？」

「すまんな、紫苑。俺が力を貸してやるには恋人契約が必要やと言ったやろ。あれ全部嘘なんや」

「は？」

してやったり、といった感じでケタケタと雅は笑い出した。え、嘘？　どういうこと？　「だから言っただろ！」とさっき押し殺したはずの理性が頭の中で叫び出した。状況を飲み込めていない私の様子を見かねたのか、六条御息所がさっきよりも少し力強い口調で雅に問いただす。

「雅、お前何も話していなかったのか？」

「ああ、全く。紫苑おおきにな。悪いけど付喪神返還は一人でやってくれ、俺は大事な用があってどうしても洛中に入らなあかんのや」

「待って、待って、どういうこと？」

　状況が全然飲み込めない。全部嘘？　雅は鼻で笑うと、腕を組み憐れむような視線を私に向けた。

「思った通りちょろかったな。魔界との境界線って言われてる一条戻橋にはな、陰陽師が仕込んだ式神が潜んでんねん。そいつらに襲われたら洛中に入れへん。式神に襲われんようにするには陰陽師、もしくは六条御息所の妖力が必要なんや」

　わけがわからず唖然とする私に同情するように、六条御息所が話しかけてきた。

「一度、ここに棲みついた私を祓おうと陰陽師がやってきたことがあってだな、その際に陰陽師の手下である式神を捕らえ飼い慣らし、式神よりも獰猛な黒式神へと変貌させたのだ。その紐には黒式神が使われている。その紐をつけている者は、妖だったとしても橋の下の式神たちに式神の仲間だと認識され、通ることができるというわけだ」

「陰陽師は俺ら陰の世界の住人の敵のようなもんや、俺に力を貸すわけないからな。こうして六条御息所の妖力を借りるためにお前を利用させてもらったってわけや」

饒舌に話す雅の表情には邪悪さしか漂っていなかった。ざまぁみろ、という心の声が顔にそのまま表れている。

「俺も六条御息所の妖力を借りればええってことを最近知ってな。でも力を借りるには、恋人契約を済ませた身元引き受け人の命を担保にしなあかん。身元引き受け人は俺らみたいな妖やとあかん。そこで、何も知らん人間を利用させてもらったんや」

まだ全容を理解できていないが、雅に騙されたというのは確定のようだ。雅は危険なことから私を守ろうとしてくれる正義の味方でも何でもなく、ただ自分の目的のために私を利用したってこと？　状況を理解しようと頭をフル回転させるものの、まだどういうことなのか理解が追いつかない。混乱したままの私を置いて去っていこうとする雅に、六条御息所が声をかける。

「待て、お前は本当に昔から性急な奴だな」

「もうここに用はないからな。早く洛中に行ってやらなあかんことがあるねん」

「そこにいる娘を放っておくと、お前の命も尽きることになるぞ」

「は？　何やねんそれ。説教やったら聞きたないわ」

反抗的な態度の雅に対し、六条御息所は顔色一つ変えずに説明を続けた。

「……先程話そうとした時にお前が遮ったがな、妖力の効力は一年だ。一年後に薬指の紐を返しにお礼参りに来い。もし、来なかった場合は黒式神に襲われ双方の命が尽きることになる、雅の存在も消えてなくなるというわけだ」

「何やねんそれ、そんなん初めて聞いたんやけど、どうせ脅しやろ」

「脅しではない規則だ。同じことを二度言わせるな」

六条御息所は凍てつくような目で雅を睨んだ。雅はその迫力に少し怯んだのか、さっきよりも少し弱気な表情で話を聞いている。

「命が惜しくないのならとっとと姿をくらますがいい。だが、その代償は一年後に降りかかるぞ」

「じゃあ薬指だけもらえば……」

「その紐には私の妖力が込められていると言っただろう？　傷でもつけてみろ、攻撃した者は黒式神に襲われるだろう」

「そんな後出し卑怯やろ……」

さっきまで威勢が良かった雅は、どうしようというようにこちらに目配せをした。つまり、私が昨夜のように得体の知れない存在に襲われて命を落としでもしたら、雅の存在も消えてなくなるということか。雅の様子を見るに、それは避けたいという表情をしている。私が雅の手助けを受けるには、そこにつけ込むしかないのかもしれない。自分の身の安全を守るためには、追撃しておいた方が良さそうだ。

「私が落とし物に襲われて死んだら、お礼参りに来れなくなるけどいいの？　一年後に紐を返さないと雅も消えるってことだよね」

雅はたじろいで、頭の中で何かを計算しているようだった。そして、諦めたように大きな声で捨て台詞（ぜりふ）を吐いた。

「……わかった！　じゃあ一年だけ付き合うたるわ！」

そういうとふてぶてしくそっぽを向いた。私を騙したことに一切の罪悪感がないといった高慢（こうまん）な素振りは腹立たしいが、それすらも高貴な猫のようで妙に様になっていた。

六条御息所はふっと笑うと、私の方に視線を落とし静かに語り出した。

「紫苑、私は長年、この縁結びの神社である野宮神社に祀られておるけどな、一度途絶（とだ）えた縁を繋ぐのは、新しい縁を繋ぐよりも難しい。だがな、一度途絶えたからこそ強固なものになる縁もある」

六条御息所はこれから未知の世界と繋がる私を勇気づけるかのように言葉をかけると、本堂の方へ踵を返した。

「そうそう雅、一年後に来る時だがな、『平安殿(へいあんでん)』の粟田焼(あわたやき)を買ってきてくれ」

「なんで俺が！」

「洛中に入れるようにしてやったんだからそれくらい安いものだろ。その時までに、本当の恋人になっているかもな」

「アホか！　人間なんか好きになるわけないやろ！」

六条御息所は雅の扱いに慣れているのか、雅の文句に何も返さずすっと姿を消した。

「あーもうなんでこんな面倒ごとに……」

恨(うら)めしそうに呟く雅だったが、もうこうなってしまったのだからしばらくは運命共同体だ。それにしても雅が言っていた、人間なんか好きにならない……って言葉。確かに私もさっき、人ならざる者と恋人になるなんておかしい、と思っていたけれど、はっきりと拒絶されると少し胸が痛む。なんでだろう、騙されたと頭ではわかっているのに、まだ魔性の魅力を目の前にすると、心が追いついていないのかもしれない。

「ひとまず落とし物を返すの、よろしくね」

私は、うだうだと考えてしまう前に気持ちを切り替えようと笑顔で雅に握手を求めた。雅はふてくされながらも、握手に応じた。計画が頓挫して不機嫌ではあるが頼られるのは嫌いじゃないということだろうか。顔を逸らして「まぁ、一年間はちゃんと守ったるわ」と小さく呟いていた。

そういえば雅も何か洛中に用事があると言っていたが、私もその手助けをした方がいいのだろうか。できることは限られているが、雅にも何か目的があるなら聞いておいた方が良さそうだ。

「さっき洛中でやることがあるって言ってたけど、何があるの？」

「ああ、捜し物があってな……」

「それも付喪神なの？」

「いや、ずっと人を捜してるんや」

雅は顔を背け、遠い目で流れる雲に時折姿を隠す満月を眺め出した。憂いがある表情から、今彼が思い浮かべていることは彼にとって心の聖域で、これ以上は易々と踏み入ってはいけないもののような気がした。謎ばかりが増える一日だ。付喪神のことも、雅のことも、一年限りの恋人という契約も。一年後、私たちはどんな気持ちで節分を迎えるのだろう。

第二章　京都人なら誰でも知ってる

非日常にまみれた夜を過ごした翌日、大学から戻ると家の前に小さな人だかりができていた。立ち止まって何かを指さし、きゃっきゃとはしゃいでいる女子高生もいる。京都に住んでいると、たまにミステリードラマの撮影に出くわすことがあるが、何かの撮影でもしているのだろうか。自転車から降りて近づくと、そこには着物姿の雅（みやび）が立っていた。

「紫苑（しおん）おかえり」

「えっ、なんで?」

雅が待ち構えていることにも驚いたが、それ以上に驚いたのは、周りの人たちにも雅の姿が見えていることだ。一昨日は「俺の姿が見える人間がいるんや」と驚いていたのに、今日は目があった人たちに魔性（ましょう）の笑みを振りまいていた。

「なんかあれやな、目立つつもりはないのに目立ってしまうのも面倒やな」

雅は笑顔を振りまきながら、腹話術師のように口元をあまり崩（くず）さずに話しかけてきた。面倒と言いながらもまんざらでもなさそうだ。

「その割には嬉しそうだけど。というかなんで周りから見えるようになってるの？」

「契約の力やろ。陰の世界の者は、こっちの世界では透過してたんやけど、こっちの世界でも見えるようになったんや」

　家の玄関を開けると雅は我が物顔でついてきて、骨董品屋に置かれた、洋館が似合うような金華山織りのソファにどかっと腰かけた。

「はぁ、ほんま厄介なことになったわ。ほんで、落とし物の持ち主は特定できたんか？」

　厄介なことって……騙そうとしてたことを棚に上げて何を言ってるんだ、と思ったけれども、言い争うのも面倒くさいので聞こえない振りをすることにした。

「特定ってどうやってするものなの？　全然なんの手がかりもない状態だよ」

「ほんまに言うてるんか？　おばあと同じ血筋なんやし、落とし主の顔と名が浮かんでくるはずやろ」

「え？　そういうものなの？」

　なんと、手がかりのない状態かと思っていたが、自分が知らないだけで特異な能力が備わっていたのか。けれども和小物を見つけた時、何も浮かんでこなかったような気もする。

「一回、落とし物をじっと見てみ。集中したらなんか浮かんでくるはずや。そういえば、落とし物はどこや？」

「このテーブルの上にあるよ」

先日襲われたこともあり、なんとなく手に取るのは怖い感じがしたので、和小物の場所を目で示した。

「大丈夫、万が一襲われても俺がなんとかしたるから、こっち持ってきて」

雅はソファに体を預けたきり、足を開いた横着な姿勢で手招きをした。内心怯えながら、私は和小物を雅の手まで運んだ。

「はぁ、これか。椿があしらわれた西陣織かいな。なかなか趣深いな。ええ味出してる」

「もしかして織物に詳しいの？」

「いや全然」

「あ、そう」

私は、雅に言われた通り、じっと和小物を見つめた。目を閉じて、和小物の持ち主と名を読むために気を集中させてみる。数秒待って、雅が話しかけてきた。

「どや、特定できたか？」

「いや、うーん」

集中が足りていないのか、全く何も浮かんでこない。もう一度気を集中させて、和小物を見つめてみる。しかし、一向に何も浮かんでくる気配がない。

「あれ……」

「わかったか？」

「いや、何も見えない……」

「どないすんねん！　まだ才が目覚めてないってことなんか？　それか才がないんか？」

「……わかんない、どうしよう」

雅によると、奥田家の人間は特異な才能があるようだけれども、私にはその才能がないってことなのだろうか。まだ才に目覚めていないだけなのか、元からないのか判断もつかないが、とにかく現状では何も見えてこない。

「でも俺の姿は見えとったわけやしな、才が全くないってことはないと思うんやけど、ああどうしよ。これはめんどいことになったで。最悪俺ら死ぬかもしれんな」

「死ぬの？」

雅は物騒極まりないことを口走った。けれどもどこか楽しそうでもあった。逆境でこそやる気が湧いてくるタイプなのかもしれない。

「そらそやろ、一年後に紐(ひも)を返さな命を落とすって六条御息所(ろくじょうのみやすんどころ)が言うとったしな。落とし物に襲われて紫苑が死んだら、俺も消えるやろ」

「そんな、何か回避できる方法はないの？」

落とし物さえ返せばいいと思っていたが、そんなに簡単ではなさそうだ。家系的には見えるはずの手がかりが見えないとなれば、落とし物から持ち主を捜し出さなければならないが、名前や住所が書いてあるわけではない。ほぼ手がかりがないところから持ち主を特定しなくてはならないということが、至難の業(わざ)であることは私にもわかる。

「けど、方法がなくはない」

雅は苦渋の表情を浮かべ、親指の爪を噛(か)みながらボソリと呟(つぶや)いた。

そして袂(たもと)から赤く長い羽根を取り出すと、しならせた。羽根の鮮烈(せんれつ)な赤は、まるで南米に生息する鮮(あざ)やかなオウムのもののようだ。けれどもどうして雅はそんなものを取り出したんだろう。雅は私の視線に気がついたようだった。

「これは朱雀(すざく)の羽根や。まだ巨椋池(おぐらいけ)があった時に水浴びしてるとこに遭遇(そうぐう)してな。その時たまたま落ちてきたからくすねてきたんや」

「聖獣(せいじゅう)の羽根なんて現実に存在するんだ。初めて見たよ」

「さすが聖獣だけあるわ。羽根の一本一本にも妖力(ようりょく)がみなぎっとる。あーほんまはこんなことに使いたないけどしゃあないか……」

雅は和小物を片手で持つと、朱雀の羽根で表面の汚れを落とすようにそっと撫でた。すると和小物が小刻みに震え出し、変身が解けたように、手のひらに乗るほどの小さな少年の姿に変わった。まるで魔法のようで、一瞬自分の目を疑った。

「ハハハハハ、ちょっと、くすぐったいです！」

和小物と同じ椿があしらわれた着物を纏った坊ちゃん頭の少年は、腹を抱え、体をよじりながら雅の手のひらの上で笑い転げていた。一瞬の出来事に私はただ目を丸くして、目の前に起こった不可思議な出来事を目で追うので精一杯だった。

「すごい！　人になった！」

「羽根の妖力にも限りがあるからな。もし朱雀を見かけたら、寝てるうちに羽根数本むしりとっといてくれ」

「一回もその状況になったことないし、無理だよ」

雅は真面目に言ってるのか、ふざけているのか、もはやどちらかわからない。

「で、お前やな。百鬼夜行から足抜けした奴は」

雅は膝に乗った少年を見下ろし、今にも噛みついてしまうんじゃないかという態度で凄みを利かせ出した。少年は雅に怯えているようで、か細い声で話し出した。

「すみません、先日は気が気じゃなかったというか、僕もわぁっと制御できない感情が湧いてきて」

「魔に飲まれたんか、足抜けした奴はみんな同じこと言いおるわ。紫苑どうしたんや。こいつじっと見て」

「なんか、不思議だけどすごく可愛いなって……可愛い、というか尊いというか」

奇妙でありえないことが起こっているのだが、動いている人形のような姿は言葉にならない可愛さで溢れていた。母性本能とはまた違うかもしれないが、愛くるしい小動物を手に乗せた時のような愛おしさが心の底から湧いてくる。

「へへへ、嬉しいです……」

少年は少し舌ったらずな声で、ニコッと笑った。その仕草に心が撃ち抜かれる。私を襲ってきた漆黒のうねうねした邪悪な存在と同一のものだとは信じがたい。頭の中で漆黒の影と愛くるしい笑顔の少年が結びつかない。

「こないだ襲われたばっかりやのに、よくそんな可愛がれんな」

「あの時は、ごめんなさい……節分が来て、こう自分が自分じゃなくなるような邪悪な気が湧いてきて」

「大丈夫、大丈夫。誰にでも失敗はあるものだからさ」

「なんやそれ」

雅は私の態度に呆れているようだった。

「君も落とし物なんだよね」

「はい……僕の持ち主は女性でした。でも、名前までは覚えていなくて」

「えっ、じゃあ誰に返せばいいかわからないってこと？」

「……はい、でも会わなきゃいけないような気がしています」

「そっか、でも女性って以外に手がかりはあるかな？」

「うーん」

　少年はそれ以上思い出せないようで黙り込んでしまった。手がかりがない状態で、どうやって捜し出せばいいのだろう。焦って雅の方を見ると、雅はだから言っただろとでも言いたげに面倒そうな表情を浮かべていた。

「手がかりならあるやろ、ここに」

　雅は少年の着物をめくり裏地を指さした。そこには「富椿」と、金の糸で刺繍が施されていた。

「ほんとだ、こんなところに。名前？」

「椿の柄に紛れてよく見えへんかったけど、わざわざ刺繍してるんやから名前なんとちゃうか。人の名前か店の名前か知らんけど。付喪神になった時点で、記憶は薄れるもんなんや。だから落とし物を返すのは面倒なんや」

「そういえば……物が付喪神になるには百年くらいかかるんだよね？　百年経って

ても持ち主って捜せるものなの？」

「百年って言われているけど、個体差がある。念の強さやったり物の古さによってまちまちなんや。こいつの場合は見た感じそこまで古くはなさそうやからな。持ち主が生きてる可能性もあるで」

確かに、使用感はあるものの、百年も前のものではなさそうだ。それならこの少年が望んでいる持ち主との再会も叶えてあげられるかもしれない。持ち主はきっと落とし物にとって親のような存在だったのだろう。幼い頃に感じていた、親に会いたくても会えない、心の中心にずっと穴が空いているような感覚が蘇ってくる。この心の穴が満たされることはもはやないけれども、どうしようもないことだから納得するしかない。そう、私は自分に言い聞かせながら折り合いをつけてきたが、それがどれほど苦しいことなのかは鮮烈に思い出せる。少しでも早くこの子を持ち主に返してあげたいという思いが、自然と湧いてきた。

「そっか。よく考えたら何か思い出せない？　どこに住んでいたとか、なんで持ち主のところに帰りたいかとか。お姉ちゃんも一緒に考えるから」

「うーん、他には思い出せないです」

「そっか、どうしよう……」

「紫苑に返還人（へんかんにん）としての素質があるかどうかにかかってるな」

「今のところ何も見えないんだけど」

「方法はある。付喪神を返すんやったら力になってくれるやつがおるから、そいつのとこに手土産でも持って挨拶に行かんとあかんな」

「その人も、雅と同じような……不思議な存在なの？」

「せやな、ヒントを出すとしたら、京都でそいつのこと知らん奴はおらんやろけど、顔合わせたことはないやろな。誰か当ててみ」

「知ってるけど顔合わせたことはない……市長さんとか？」

「全然ちゃうわ。まぁ、まず手土産でもこさえに行こか。ほなここ入り」

「わかりました！」

少年はぴょんと雅の手のひらに乗ると、雅はそのまま少年を懐にしまい込み、ソファから立ち上がった。私は雅が出したヒントの答えについて、ずっと考えを巡らせていた。知っているけど顔を合わせたことがない人物……何かしらの有名人なのだろうか。

＊

「あの、手土産って本当にこれでいいの？　氷溶けかけてるんだけど」

「ええねん、気の知れた仲やから」

出町柳の駅に着いた時、雅は手に持った蝶矢の梅ジュースをストローで啜っていた。ズズズと音を立て最後の一口を飲み込んだかと思えば、透明のカップを開けて中に入った大きな完熟南高梅をストローでかき出して口の中に放り込んでいる。蝶矢の梅ジュースは、透明なカップに梅シロップと大きな完熟南高梅を入れ、それをソーダやお湯や水で割った絶品の梅ジュースで、人気の飲み物だ。透明なジュースに浮かぶ南高梅がなんとも写真映えすることもあって、ＳＮＳでも流行っている。

「これ、さっき家の前で待ってた時に話しかけてきた子らが飲んでてな。なんなんか聞いてん」

やはり自分が飲みたかっただけのようだ。それにしても手土産が氷の溶けた梅ジュースでいいのだろうか。いや、絶対良くないと思う。

「大丈夫やって、ほら叡電乗るで」

雅は空になった容器をゴミ箱に捨てると、出町柳駅にある叡山電車の改札を指さした。叡山電車、略して叡電は、京都の人でも利用する人は少ないだろう。八瀬や貴船の方向に行く電車だが、私も数回しか乗ったことがない。秋は紅葉トンネルができてライトアップされる中を通ることで有名だが、冬でも大きなリュックを背負った観光客で賑わいを見せていた。おそらく貴船あたりをトレッキングがてら回るのだろう。

冬の木々を眺めながら三十分あまり電車に揺られ、私たちは終着駅の鞍馬に到着した。ホームに降りた瞬間、研ぎ澄まされた冷気が頬をかすめる。

自然に囲まれていることもあり、鞍馬は随分と空気が澄んでいるように感じた。そしてただ澄んでいるだけでなく、凛とした神聖な気が張り詰めているような気配も漂っている。京都最高のパワースポットの一つと言われるだけのことはあるなぁ、と神秘的な雰囲気に浸りながら駅を出ると、高さは四メートルほどあるだろうか、真っ直ぐ正面を見据える天狗の顔のモニュメントがそびえているのが目に入った。

「鞍馬って言ったら鞍馬天狗が有名だもんね」

「そやろ、鞍馬天狗を知らん京都人はおらんやろ」

得意げに笑う雅を思わず凝視する。え？　まさか答えは……そう言いかけた時、背後から大きな声が聞こえた。

「もしかして、ミャー？　おーい！　ミャー！」

振り向くと、後ろには車内で一緒だった外国人観光客の姿だけだった。けれどもみんな地図を見ながら話しているので、彼らではないようだ。でも確かに聞こえたような……すると再び声がする。

「やっぱりミャーだ！　おーい！」

声の方向に顔を上げると、天狗の像よりもはるか高く、空中に浮いている男性が見えた。男性は鷹のように急降下すると、ちょうど雅の頭上あたりで止まって、ふわふわ浮遊してからすとんと地上に降り立った。

実年齢こそわからないが、人間に置き換えると雅と年が近そうな黒髪の青年だった。顔だけ見ると爽やかな顔立ちだが、上下黒い服の上から特攻服を思わせる丈の長い真っ黒な上着を羽織っていて、山伏が着る結袈裟についている丸い橙色のボンボンのような玉を繋げたネックレスのようなものを首から下げている。育ちが良さそうな顔立ちと昔の不良のような服装が、少しちぐはぐな組み合わせに思えた。

「相変わらず変なセンスしとんな」

「変なセンスじゃなくてハイカルチャーって言ってくれ。ていうかこの子誰？」

青年は親指で私を指さし、雅に尋ねた。しかし雅は答えることなく、威嚇するような眼差しで青年を睨みつけた。

「この子は奥田のおばあのとこの子や。付喪神返還人になったから挨拶に連れてきた。あとその呼び方やめろ」

「え、奥田さんのとこの？」

怪訝な顔つきで青年は私の顔を覗き込んだ。あまり歓迎されてなさそうな雰囲気を察した。

「はい、見えています。おばあちゃんが親戚の家に行くことになってしまって……それで」

「ふーん」

青年はさらに顔を近づけ、じっと私の目を覗き込んだ。その時、一瞬で鳥肌が立つような悪寒が走った。雅の魔性の笑みとはまた違う、心を全て見透かされてしまうような冷ややかな恐ろしさが体中を駆け巡る。

「紫苑、こいつの目をしっかり見るのはやめとき。千里眼(せんりがん)で記憶を覗かれるで」

「あ、バレた？　で、何でミャーと一緒にいるの？」

青年は少し不満そうな顔でこちらを見た。

「ああ。おばあに洛中(らくちゅう)に入れる裏技を教えてもろたて前話したやろ。で、六条御息所のところで契約したんや。あともっかい言うけどその呼び方やめろ」

「ええ？　契約したってことは、ミャーの恋人？」

青年は驚きのあまり声を張り上げていたが、周りの人たちは私たちを気にもとめず天狗のモニュメントの撮影に夢中なようだった。彼の声もやはり周りの人には聞こえていないらしい。

「雅、さっき言ってた、京都人なら誰でも知ってるけど、顔を合わせたことがない人物って……」

「こいつや。鞍馬天狗の鞍馬山僧正坊や」

「よろしく。鞍馬くんでいいよ」

鞍馬くんはこちらに握手を求めるように手を差し伸べた。終始ポーカーフェイスで、なかなか感情が摑めない人物に見えた。

「やめとき、手を握ったら心を操られるで」

雅の忠告にさっと手を引っ込めてしまう。なんと、鞍馬天狗にもなるとそんな恐ろしい能力を持っているのか。

「ミャー、警戒しすぎ。そんな悪い人みたいに。ねぇ」

こちらに同意を求める鞍馬くんであったが、心を読まれてしまうのは確かに怖い。私はただ愛想笑いするしかなかった。

「ハハ、お二人は仲がいいんですね。なんでミャーって呼んでるんですか?」

「ああ、それは雅っていうのはあだ名で本当の名前がミャーだからです」

「おい、それ以上言うな」

よっぽどこの話題に触れられたくなかったのか、鞍馬くんを睨みつける雅からは殺気すら感じられた。鞍馬くんは気にせず、さらに饒舌になる。

「ミャーは可愛いところがあって、好きな人の前で格好つけるために自分のこと〝雅〟って名乗り出して。ミャーって名乗るのが恥ずかしかったのか……」

「おい……その話はすんなって言ってるのがわからんか？」

話を止めない鞍馬くんを睨みつけながら、雅は怒りに任せて初めて会った日の夜に見た白い火の玉みたいなものを右手に宿した。周りの外国人観光客たちが、驚きの声を上げげて写真を撮ろうとこちらにレンズを向け出した。火の玉も見えるようになってしまったのだろうか。もし写真が拡散されてしまったら面倒なことになってしまいそうだ。

「ちょっと雅、周りの人が見てるよ」

「そんなん知らんわ！　覚悟せえよ」

「はぁ、もうミャーは相変わらず短気だな。面倒になる前に飛ぶか」

鞍馬くんはそう呟くと、空に向かって大きな声で叫んだ。

「阿吽の虎、この者たちを〝天狗の内裏〟まで連れていけ！」

空に声が響きわたると、信じられないことが起こった。なんと空の向こうから二頭の虎がこちらに向かって空中を駆けてきたのだ。動物園で見たままの姿の獰猛な虎が、どんどんこちらに近づいてくる。

「大丈夫、指示しない限り何かを襲うことはないから。そのままそこにいて」

虎たちは猛スピードで私たちのそばまできて立ち止まった。熱い息が顔に吹きかかるほどの近くまで虎たちは顔を寄せ、私と雅の匂いを嗅いできた。襲うことはないと言われても、流石に鼻息がかかる距離に虎がいるのは耐え難い怖さだ。私は体を反らせながらも、なんとか虎を刺激しないように踏みとどまり、目を瞑って精一杯耐えていた。すると口が開いている阿形の虎が、雅のうなじあたりの共衿を咥えた。

「きゃ！」

襲われる！と咄嗟にその場にしゃがみ込むと、口が閉じている吽形の虎が、私の股下に首をくぐらせ、背に私を乗せると勢いよく空へ跳躍した。

「ちょっ、ちょっと！」

空を飛んでいる、それも虎の背中に乗って。何が起こっているのか頭では追いついていないが、とにかく振り落とされないように震える手で、高く空を駆ける虎の背に必死にしがみついた。隣を見ると、雅は共衿を咥えられた状態で虎に運ばれている。目眩がしそうな高さから地上を覗くと、観光客たちが驚愕した様子でこちらを見ている。

えっと、おそらく鞍馬くんと虎の姿は見えていないから……私と雅が急に空へ飛んでいったように見えているのだろう。

「あんまり使いたくなかったけど」

上着の裾を風に靡かせながら虎と並んで飛ぶ鞍馬くんは、上着から赤い持ち手に白い羽根がついた羽根団扇を取り出した。

「降魔扇、見た者たちの記憶を吹き飛ばせ」

そう呟くと、羽根団扇で地上に向かって大きく扇いだ。するとたちまち突風のようなものが地上に吹き、さっきまで空を仰いでいた人たちは一連の騒動を忘れてしまったかのように、再び各々歩き出した。

「おい離せ！　まだ話は終わってへんぞ！」

「ちょっと雅、落ちちゃうって！」

騒ぐ雅をなだめるものの、雅は虎を振りほどこうと手足をばたつかせていた。鞍馬くんは雅を無視して、時折雲をかき分けながら空中を自在に飛んでいた。そして雅が左手に持っていた紙袋をバッと奪い取ると、ストローに口をつけて梅ジュースを飲み始めた。

「この梅、鞍馬の紅葉のように見事な赤だな」

「何かっこつけとんねん！」

雲の中に潜り、粘度の高いシャボン玉のような透明な膜を突き抜けたかと思えば、目の前には広大な庭が広がり、立派な洋館が建った敷地の中にいた。白いレンガ調で、海外の要人をもてなすための迎賓館を思わせる雰囲気である。

私は阿吽の虎から降ろされたものの、雅はまだ共衿を咥えられていた。すると洋館の方から、鞍馬駅で見かけた天狗の仮面をつけた、スーツ姿の男性たちがこちらに向かって次々と走ってくるではないか。

「若が戻られたぞ」

スーツ姿の男性たちは片膝をつき、鞍馬くんと私たちを出迎えた。その異様な光景は、使用人を従えたどこかの御曹司、いや舎弟を従えたマフィアのボスのようである。鞍馬くんは威厳のある態度で、天狗のお面をつけた舎弟たちに指示をする。

「客人を迎賓の間に案内して」

「はい！　どうぞこちらへ」

ようやく阿吽の虎から解放された雅と私は、天狗の仮面をつけた威勢のいい男性たちに案内されて洋館の中へ入った。洋館の扉が開くと、中は西洋貴族がお茶会を楽しんでいそうなロココ様式の豪華な内装だった。高い天井にはこぼれ落ちそうなほど大きく反り返った立派なシャンデリア、曲線が美しいベルベット調の深緑のソファには真っ白な毛皮がかけられ、床には深い群青色のメダリオン柄の絨毯が敷いてあり、豪華絢爛という言葉がよく似合う。しかしなぜか壁には子供が墨で描いたようなネズミの落書きがしてあり、家具と壁絵のミスマッチで統一感が崩れていた。

「なんやこのゴテゴテしい内装、前はこんなんとちゃうかったやろ」

「ああ、最近改装したんだ。長楽館みたいにしようと思って」

長楽館は円山公園のそばにある迎賓館だ。煙草王と呼ばれた村井吉兵衛という人が建てたお屋敷で、京都市有形文化財にも指定されているらしい。なるほど、長楽館と言われれば、浮き世離れした豪華絢爛さが確かに似ている。

「じゃあこの落書きはなんやねん、ガタガタの鼠の絵」

「ああ、それはバンクシーにインスパイアされて描いてみたんだ」

「この完成度でそれ言うの、おこがましすぎるやろ」

　鞍馬くんがテーブルの奥の一人がけソファに座ると、阿吽の虎は両隣の床に座り込んだ。鞍馬くんが阿吽の虎たちの首元をあやすように撫でると、虎たちは気持ち良さそうに首を伸ばした。

「そうだ、ミャーの好きなあれあるよ、『河道屋』の蕎麦ぼうろ」

　すると天狗の面をつけたスーツ姿の男が部屋のドアをノックし、お茶と茶色いクッキー缶のようなものをテーブルに置いた。缶には「蕎麦ぼうろ」と筆文字が印字されている。箱を開けるとお花のおはじきのような形をした丸っこい焼き菓子が出てきた。素朴な焼き菓子。ゴテゴテとした内装のこの部屋とは不釣り合いな素朴さだ。

「どうぞ、好きに食べて」

　長めのソファーに座った雅の隣に腰かけて、私も蕎麦ぼうろに手を伸ばした。蕎麦ぼうろはクッキーを軽く、あっさりとさせたような焼き菓子だ。素朴な甘さがあり、軽くてザクザクとした食感が楽しめる。そして蕎麦の香ばしさがほんのりと香る、京都の有名なお菓子だ。雅は目を輝かせながら一度に二、三個口の中に入れ、ボリボリと音を立てながら豪快に食べていた。蕎麦ぼうろに夢中で、さっきまでの怒りを忘れているようだった。

「落とし物を返還することになったんだよね」

「ああ。六条御息所のところに行ってやな。洛中に入れるようになったんはええけど、落とし物返すのも手伝わなあかんくなってん」

雅は鞍馬くんのそばのソファに移動してから、懐に手を突っ込んで和小物を取り出した。

「あ、また和小物に戻っとるわ。もっかい妖力にさらした方がええかな。けどなー、無駄遣いするんもなー」

「そんな貝の塩抜きみたいな仕組みなの?」

「……まぁこんな感じで、紫苑は全然こっちの世界のことわからへんみたいで、落とし物からもなんも感じひんらしい。そやし連れてきてん」

「なるほど。けど僕の姿は見えてたようだし、力がないわけじゃないんだよね。ミャーは紫苑さんを見て、何か特別なものを感じたりする?」

雅は私の顔を覗き込んできた。特別なものを感じるかどうかって、雅はなんて答えるのだろうと少し緊張している自分がいた。

「そやなぁ……もしかしてどっかで会ったことあったか？」

「えっ急に質問？」

「なんかな、初めて会った時に懐かしい匂いがした気がしてん。ほら俺、妖力の次に容姿が、容姿の次に嗅覚が優れてるやろ」

「その迷いのない自信、私も見習いたいよ」

雅は、鼻先を私の首元に近づけて、動物同士が挨拶するかのように嗅いできた。

「わっ！！　なに急に!!」

思わず、首筋を押さえて避ける。人前じゃなくても急な接触は気恥ずかしいのに、人前だとさらに恥ずかしさが増す。

「会ったことはないと思います！」

私は空気を変えようと鞍馬くんの目を見て否定した。

あと、この場では言いづらいが、雅ほど美麗な人に会っていたら絶対に忘れることはないと思う。けれども絶対にそのことを言いたくはないし悟られるのも恥ずかしいので、素っ気なく答えてしまった。

「奥田のおばあの匂いとはちゃうねんけどなぁ。まぁええわ。ところで、こいつを持ち主に返す手がかりを探さなあかんのやけど、千里眼でバーっと見てくれへんか」

「まぁ少しくらいなら手伝ってもいいけど、でも交換条件がある。ちょっと隣の部屋に行こか」

そういうと鞍馬くんは立ち上がり、雅の手を握った。

「え？　……アホか！」

雅は途中で何かを察したようで、鞍馬くんの手をすぐさま振り払った。しかし瞬間、肩の力が抜けてしまったのか、手をぶらんと下ろし鞍馬くんを睨み出した。

「お前、神通力を使ったな……」

鞍馬くんは悪い笑みを浮かべる。何が起こったのかわからないが、雅は腕に力が入らないようだ。

「実はミャーが来ると思って、青龍の鱗を手に入れといたんだ。比叡山に行った時、山中越えの途中でたまたま寝ているのを見つけたから一つ拝借したんだ」

雅に睨まれていることなどお構いなしに、鞍馬くんは定規のような形の平べったい棒をポケットから取り出した。表面にはザラザラした大きな鱗がついている。

「紫苑さん、ごめんなさい。どうしてもミャーを見ていると我慢できなくて……ミャーをちょっと借りますね」

「あの、一体何を……」

「実は、ミャーは僕の理想のタイプで。絹のような手触りの白い毛、丸くて大きな目、生意気だけれども気ままな性格……どうしてもミャーを見てると吸いたくて」

「吸う？」

うっとりした目で雅を見つめる鞍馬くんと、身構えている雅。これから何が起ころうとしているのか、もしかして気さくに見えた鞍馬くんは悪い人なんだろうか、どうしよう。

「あかんって！　ちょっと紫苑、止めてくれ！」

「えっ！　あの、鞍馬くん、雅が嫌みたい……」

頼りなく止める私の言葉は耳に入らなかったのか、鞍馬くんは手に持った青龍の鱗で雅の下顎あたりをゆっくり撫でた。

「よしよしよし」

鞍馬くんはあやすような声色で、青龍の鱗をゆっくり動かし、雅の下顎を撫で続けた。最初は抵抗していた雅だったが、撫で続けられるうちに全身の力が抜けたようにだらんとソファーにもたれかかった。そしてゴロゴロゴロと喉を鳴らすような音をたて、突然真っ白な猫に姿を変えた。

「！！！」

突然の出来事に、驚きのあまり完全に言葉を失ってしまった。さっきまでの雅の姿はなく、目の前には柴犬ほどの大きさの長毛の真っ白な猫がリラックスした表情で青龍の鱗にスリスリと頬を擦り付けている。ボリュームのある立派な尻尾は二股に分かれていて、毛先が焦げたように縮れ、変色している。

　私は朱雀の羽根で和小物が少年の姿に変身した時のことを思い出した。もしかしてこれが雅の本当の姿なのだろうか。言葉を失ったまま、鞍馬くんの方を見て白い大きな猫を指さす事しかできなかった。

「ああ、ミャーはね、今こそ変化大明神なんてたいそうな肩書きを名乗ってますけど、元々猫又なんです」

　名前こそ聞いたことがあるが、まさか雅が猫又だったとは。

「猫に九生あり。昔、猫は九つの命を持つと言われていたけれども、それは猫又になる素質を持った猫のことだったんです。生まれながらに猫又になる素質を持った猫は、一度死んでも猫又として生き返るんです」

　そんな言い伝えは知らなかったが、雅が猫の妖怪だったことには、少し納得だ。だから高貴な猫っぽい雰囲気があったのか。

「人間みたいな妖怪かと思ってたのでびっくりしました……」

「僕、もふもふしたものが好きで猫又を飼いたかったんですが、亡き親父が重度の猫又アレルギーだったので駄目って言われて。阿吽の虎は大丈夫だけど、猫又の妖力が染みついた毛が一本でもあると発作が出ちゃって」

「猫又アレルギーなんてものがあるんですね」

「父はいかにも天狗らしい顔立ちだったので、鼻水が止まらないとなるとすぐに蓄膿症になっちゃうから厄介で……」

疑問はいろいろと浮かんだが、そこを深く聞いても余計混乱しそうだったので、ただ相槌を打つことにした。

「はぁぁぁぁぁ、可愛い。ミャーは理想の猫又すぎる」

鞍馬くんは長い毛に顔を埋めて大きく深呼吸しだした。白い猫もまんざらではないようでおとなしく受け入れている。完全に二人だけの世界だ。

「あの私、雅のことについて何も知らないんですけど……どんな人、というか妖怪なんでしょうか？」

「さぁ、僕よりよくわかってるんじゃないの？」

「え？」

鞍馬くんは手をピタッと止めて、私の目を見つめた。その瞬間、体と心の境界線が溶けて、心をせき止めていた蓋が外れ、心のうちが全て外へ流れ出すような不思議な感覚に襲われた。再び心に蓋をしようとしても意識がぼんやりとして抗えない。ただただ心が流れていくのを見過ごすしかない妙な心地だ。

「やっぱりね」

鞍馬くんの一言で、急に意識がはっきりし、流れ出ていった心のうちが再び体に収まる感じがした。もしかして、さっき雅が言っていた千里眼の力なのだろうか。

「あの、今一体何を……」

「心を読ませてもらったけど、雅のことを美しすぎると思ってるんだね。魔性の笑みに吸い込まれそうになる、と」

「!!」

いきなり図星を突かれて底知れぬ恥ずかしさが込み上げ、言いわけが何も出てこなかった。魔性の笑みという表現まで読み取られて、まともに顔を合わせることすらできないほど恥ずかしい。こっそり書いていたポエムを身内に読まれたような感覚だ。

「まぁでも……天狗の僕でも抗えない気の流れというものがこの世にはある。あなたとミャーが出会うことも、抗えない何かがあったのかもね」

「そういうものなんですかね……」

「ちなみにだけど、ミャーが洛中に入りたい理由はもう聞いた？」

「はい、少しだけですけど捜している人がいるとか」

「その話を聞いた時、どう思ったの？」

心を読まれた時とは違う真剣な眼差しを向けられたが、鞍馬くんが何を知りたくてそんなことを聞いているのかよくわからなかった。どう思ったか、と言われても、何か事情があるんだな、きっと大切な人なんだろうなと、ありきたりな感想しか持っていなかったからだ。

「会えたらいいな、と思いました」

「そう。僕は会えなくてもいいと思ってるんだけどね」

素っ気なく返す鞍馬くんを見て、悪い人ではなさそうだが、摑みどころのなさが少し怖くも思えた。心の中に思い浮かんだことをそのまま出さずに、ほんの一部だけを言葉にしているような気がする。京都人らしいといえば京都人らしい。

「ふぅ、久しぶりにミャーとも遊べたことだし、そろそろ戻してあげようかな。最後にミャー吸っときます？」

「いえ、とりあえずは大丈夫です」

鞍馬くんは白い猫を雅が着ていた着物の中に入れ、再び青龍の鱗でおでこあたりを撫で出した。するとすぐさまさっきまでの雅の姿に戻った。

ただ、着物の中で元の姿に戻ったので、旅館に泊まった時の寝起きのように着衣が乱れていた。雅は私の方を見ると、何も言わず照れ臭そうに着衣を直し始めた。猫の姿を見られたことが恥ずかしかったのか、着衣が乱れた姿を見られて恥ずかしかったのか、照れ臭そうに着物に腕を通すと何事もなかったかのように会話を再開した。

「で、この和小物のことやけどな。手がかりはこの刺繡だけなんや。千里眼で見て、なんか手がかりがあるか教えてくれへんか」

「いいけど、本人が忘れてるなら……どこまで読めるか」

「朱雀の羽根は無駄遣いしたくないしな、ちょっとそれ貸して」

鞍馬くんから拝借した青龍の鱗で和小物をくすぐると、再び少年が姿を現した。

少年は、目の前に鞍馬くんの顔があることにまず肝を潰したようで、驚きの声を上げた。

「わっ、誰ですかこの人?」

「ええから、こいつの目を見とき」

鞍馬くんは少年の目をまじまじと見つめ出した。集中しているようにも、焦点があっていないようにも見える目つきで、そこにはない何かをじっと探しているように見受けられた。

「どや? 誰に返せばいいかわかったか?」

せっかちな雅が鞍馬くんに問いかけるが、鞍馬くんは目頭のあたりを指で押さえ、まだ何か考えているようだった。

「うーん、なんとなくは見えた」

「どうでしたか?」

「送り主と持ち主は数十年前に離れたみたいだな。後悔の念が詰まっている」

「おい！　もっとちゃんと思い出せ！　手がかり摑めへんやろ！」

雅が少年を睨んで怒鳴る。少年は大きな声にビクッと体を震わせた。

「雅やめなよ、めちゃくちゃ怯えてるじゃん、怖かったよね。ごめんね」

怯えている少年をなだめようと頭を優しく撫でたその時だった。

急に立ちくらみに襲われたかのように、目の前が粗いモザイクのようなもので覆われて暗くなり、そのあと鮮明な光景が目の前に浮かんできたのだ。

強烈な焦げ臭さが襲ってきたかと思うと、黒煙で目が上手く開かない。目の前では小さな建物が燃えていて、夜だというのにあたりは炎で明るく、火の粉が飛び交い助けを求める声が響いている。その瞬間、私は運命を恨むような感情に襲われた。

「おい、紫苑大丈夫か？」

雅の声で我にかえると、心臓は激しく脈打っていた。そういえば昔にもこんなことがあった気がする。一年ほど前、お地蔵さんの頭に雪が積もっていたので払いのけようとした時、空襲のような強烈な光景が一瞬頭の中を駆け巡ったのだ。

「大丈夫、今一瞬何か見えた」

「もしかして手がかりか？」

雅が身を乗り出して話しかけてきた。

「うん……火事だった。火事だったことしかわからないけど、すごく鮮烈な光景だった」

「きっと落とし物の記憶だろうね。火事があったこと覚えてる？」

鞍馬くんが優しく少年に問いかける。

「火事！　確かに覚えています。でも火事を見た、ということだけですが……」

やはり少年の記憶だったようだ。さっき雅に付喪神返還人としての才覚がないようなことを言われたが、多少はあったということだろうか。

「せやけど妙やな。俺も返還人を何人も見てきたけど、みんなじっと見て落とし物の主を言い当てとったで。見た時は何も浮かばんかったんやろ？」

「うん、今撫でた時に急に……何だろう突然変異なのかな？」

「でも、付喪神返還人にそんな能力ないはずや、記憶共鳴の能力を持ってるのは――」

「いや、付喪神返還人なら十分ありえる話だよ」

雅の言葉を遮るように、鞍馬くんが口を挟んだ。

「付喪神返還人は、陰の世界の者と人間を繋ぐことができる特異な存在ゆえに、異能力を持つ。その異能力がまだ芽生えたばかりで、上手く機能できていないんじゃないかな」

「まぁ、そういうこともありえるんか。で、他にはなんか見えたんか？」

そういえば、少年の正体もよくわかっていない。印鑑入れに似てるけどちょっと違う形をしている。一体何に使うものなのだろうか？

「鞍馬くん、あの、彼は何の付喪神だったのかわかりますか？」

「ああ彼は楊枝入れだよ。名前の通り楊枝を入れるための小物なんだけど……でも、〝京都での使われ方〟はそれだけじゃない」

鞍馬くんは意味深に呟いた。京都での使われ方、ということは、何か土地柄に関係のある特殊な用途があるということだろうか？　京都らしい楊枝の使い方、で頭の中を検索してみても何も思い当たらない。

「なんやもったいぶらんと教えてくれたらええがな！　何に使うねん！」

しびれを切らした雅が鞍馬くんに詰めよるが、鞍馬くんは落ち着いた様子で雅をなだめた。

「まぁまぁ、さっき落とし物から持ち主を特定できないからここに来たって言ってたじゃん。それならこれも返還人として必要な試練だよ」

「じゃあどないせえっていうねん」

雅はふてくされたままだ。力不足で申し訳ないが、付喪神返還人として、自分で手がかりを見つけるのが、私が乗り越えなくてはいけない試練なのだろう。

「そんな暗い顔しないで。協力してくれそうな人を紹介するからさ。明日にでもここを訪ねて。肩叩きをしてやってくれ」

　鞍馬くんは一枚の紙を出して地図を書き始めた。肩叩きをする？　どういうことだろう。物すごく肩こりに悩まされている老人を頼れということだろうか。

　その時、急に扉が開き、先ほどの天狗の面をつけた屈強な男性が部屋に入ってきた。

「若！　大変です。うちの若いもんが、飛行中に何者かに羽根団扇を奪われたようです！」

「なんだと、どの辺を飛んでいたんだ」

「それが……金閣寺のあたりでして……」

「金閣寺はうちのシマだと言ってるのに、またあいつらの仕業か……」

「はい、おそらく」

　鞍馬くんの眼光はさっきまでと打って変わり、刀の刃のように鋭くなった。彼の声は低くドスが利いていてただならぬ迫力を増していた。

「ミャー悪いな、送ってやれなくなった。自力で帰ってくれ」

「は？　こっからどうやって帰れっていうねん？」

「しょうがないだろ、敵にイチャモンつけられたんだから」

　威圧的な口調、そして緊迫した雰囲気が鞍馬くんから漂い出した。任侠映画のような物騒な専門用語が飛び交っていて、何か深刻なトラブルでもあったようだ。

しかし雅は、そんな空気にも怯まずにどうにか送ってもらおうと粘っていた。

「頼むって！　金閣寺に行くんやったら、一条戻橋らへんで降ろしてくれたらええから！」

むりやり頼み込む雅。その度胸が少し羨ましい。

「……わかった、おい。急いで他の奴らを呼んでこい。二人はそっちに乗って」

鞍馬くんは、阿吽の虎の片方に跨がった。私たちも急いでもう一方の阿吽の虎の背中に跨がると、物々しい雰囲気の部下の男性たちがぞろぞろとやってきた。

「金閣寺まで飛ばすぞ。一旦客人たちを一条戻橋で降ろせ」

阿吽の虎たちは猛スピードで走り出し、庭に出ると再び粘度の高いシャボン玉のような透明な膜を突き破り、夜の空へと飛び立った。部下の天狗たちは阿吽の虎の周囲を囲むように飛行していた。

遠くに街の灯りがきらめいて見える。京都の控えめな夜景の中で人々の日常が行われていると思うと、この夜間飛行がより一層不思議なものに思えた。私は背後に乗る雅に何が起こっているのかを尋ねてみた。

「ねぇ、これ、今どういう状況なのかな。なんかめっちゃ鞍馬くん怒ってたけど」

「ああ、天狗っていうのはめんどくさい生き物でな、面子が何より大事なんや。まぁ鞍馬天狗はその中でも圧倒的にプライドが高いんや」

風音にかき消されないように雅は声を張り上げて悪口を言い出す。鞍馬くんの耳に入ったらどうしようとヒヤヒヤしていたが、雅はお構いなしといった態度だ。

「誰かと喧嘩してるの？　なんかシマとか言ってたけど」

「あー、日本八大天狗って言ってな、いろんな派閥があるんやけど、その八大天狗のうちの二つは京都やねん。鞍馬山と愛宕山やな」

「その人たちに何かされたってことかな」

「なんか長年因縁があるらしいわ。天狗の世界のことはようわからんけど」

「いろいろあるんだね、わっ！」

虎が、飛んでいた鴉を避けようと体を横に振った。遠心力でバランスが崩れる。一瞬ずり落ちそうになるも、雅が後ろから腕を伸ばし、抱きかかえるように私を支えてくれた。

「あぶな、びっくりした……」

「ほんま気をつけな死んでまうで。ほら、支えといたるから」

雅は私がずり落ちないように、背後から私を包み込むように腕を伸ばす。私の背中に雅の胸がぴったりくっついて、まるで抱きしめられているような体勢だ。落ちそうになった恐怖と、密着していることからくる緊張が交じり合って鼓動を加速させていた。これは恋心なんじゃないかと錯覚しそうなほど、激しく胸が高鳴っていた。

第三章　祇園(ぎおん)と悲恋の黒文字(くろもじ)入れ

「いや、久々の洛中(らくちゅう)やけど、随分変わっとんな。野犬も牛もおらんやん」

「久しぶりの振り幅が大きすぎるからね。野犬は私が生まれた時からいなかったよ」

　翌日、大学の講義が終わると、私と雅(みやび)は祇園(ぎおん)あたりの花見小路(はなみこうじ)に集合した。広い道路脇に町家が立ち並び、料亭やお茶屋さん、甘味処(かんみどころ)などの看板が出ている。

　昨日、鞍馬(くらま)くんに言われた場所を訪ねるため、雅とこうして会っているのだが、まだわからないことばかりで戸惑(とまど)ってもいる。そういえば、こうして落とし物返還に付き合ってもらっているけれども、雅も誰か人を捜していると言っていた。洛中に入るために、契約を結ぶ必要があったと言っていたけれど、あれはどうなったんだろう。

「そういえば、雅も洛中に用事があるんだよね。そっちの捜し物は見つかったの？」

「……いや、なんも。そもそもどこにいるかもわからへんし」

以前聞いた時は、これ以上は踏み込めないような雰囲気だったけれども、今日は普通に答えてくれている。もしかすると、今日なら答えてくれるのかもしれない。

「その、言いたくなかったらいいんだけど、会いたい人っていうのはどんな人なの？」

「どんな人……せやなぁ。夢に出てくるような存在やな」

「夢？」

「正直、何百年も昔のことやからはっきり顔を思い出せへんのやけど、それでも夢によく出てくるんや」

「その人は女性なの？」

「ああ。あの時こうしとけば良かったたって後悔が見せる夢なんかもな」

何気ない表情で、ロマンチックな言い回しでその人のことを語る雅を見て、なぜだか少し胸が痛んだ。ああ、そうか。きっと雅はその人に何百年も恋をしているんだ、ということが鈍感な私にも読み取れたからだ。自分から聞いておいて、聞くんじゃなかったと後悔するなんて勝手な話だけれども、それ以上踏み込んで聞くことを避けている自分がいた。

「まぁ、今はひとまず落とし物やな。ほんま観光客の気分やわ、ほら見てみ。芸舞妓さんがおるで」

切り通しに差しかかった時、ふと雅が指さす方を見ると、底が分厚い下駄「おこぼ」を履いてショールを羽織った舞妓さんが二人、喫茶店の前に立っていた。周りに浴衣姿の観光客がいて、しおらしい笑顔で写真撮影に応じている。お店に入るところだろうか。喫茶店の前にはショーケースがあり、赤、緑、黄色、青などの色鮮やかなゼリーが売られていた。舞妓さんの装いとショーケースのゼリーの色合いと古びた街並みが調和していて、レトロな雰囲気を醸し出していて素敵だ。私も便乗して一枚写真を撮影する。

「舞妓さんも喫茶店に入ったりするんだね」

「あの格好やとどこ行ってても目立ってまうよな」

祇園のあたりは京都の中でも特別な雰囲気がある。まるで時代劇のセットのように街全体で古都を演出しているようだ。

「もしかして変化大明神じゃありませんか？」

突然どこからか声がした。

「誰かと思ったら七歩蛇か！　久しぶりやな！」

雅の視線の先はというと……私の左肩。不思議に思いながら左肩に視線を落とすと、そこにはトンボほどの大きさの、真っ赤な蛇がいつの間にか乗っていた。

「ひっ！　何これ！！！」

「紫苑、じっとしとかな、こいつに嚙まれたら猛毒ですぐ死んでまうで！」

蛇を払いのけようとした手を思わず止め、静止する。

「変化大明神がどうして洛中にいらっしゃるんですか？」

「一条戻橋におる式神を出し抜く方法を最近知ってな」

「そうでしたか、洛中にいる者たちも喜びますよ！」

蛇は、舌を出して喜んでいるようだった。私は舌が触れないように極力右側に首を倒して蛇が去るまでじっと耐えた。

「あいつはな、七歩蛇っていう昔から東山に住んどる妖や。嚙まれたら七歩歩く間に死んでまうほどの猛毒の持ち主でな、七歩蛇って呼ばれとる」

「そうなんだ……雅といたら妖怪に詳しくなりそうだな」

付喪神に猫又、天狗、そして七歩蛇。一年後には図鑑を書けるほどになっているかも知れない。

私たちは、そのあと祇園町の南側まで歩いてみた。途中で雅が町屋にかかった赤提灯を指さした。「ぎおん徳屋」と名入りがある赤提灯で、一見何屋さんかわからなかったが、「本わらびもち」という小さな看板が壁に立てかけられているのを見るに、甘味所だ。

「ちょっとあそこで休憩しよか」

格子戸を開けると、白檀の芳香が鼻先に広がった。テーブルと椅子が少し間隔を開けて並べられていて、土壁の素朴な風合いが古き良き京都らしさを醸し出している。ほっこりと心安らぐような空間だった。

「紫苑、俺らもあれにしよう」

雅が隣のテーブルを指さす。隣のテーブルに座っていたカップルは、お椀から溢れそうに盛られた、緑色と茶色のわらび餅を食べていた。艶やかな光沢を放つわらび餅は確かに美味しそうだ。

「あれなんだろう、ちょっとメニュー見るね」

メニューを見てみるとどうやら抹茶が入った本葛餅と、本わらび餅の相盛りのようであった。

「じゃあ、これにしよっか」

合い盛りが来るまでの間に雅と落とし物について話をしようと、楊枝入れを取り出す。

「昨日、鞍馬くんが京都らしい使われ方って言ってたけど、なんだと思う？」

「そういえば言うとったな。でも京都にしかないものなんて無数にあるやろ、変化大明神もそやし、鞍馬天狗もそやし……」

「なんで妖怪限定なの、他にもあるでしょ。八つ橋とか送り火とか」

雅の回答に突っ込んだ割には、八つ橋や送り火と冴えない返しをしてしまったなと思っていた矢先、相盛りが運ばれてきた。真ん中に氷のようなものが載っていて、お盆には梅の花の形をしたお茶菓子のようなものも添えられている。

「こちらの梅型のものはきな粉になります、お好みで黒蜜をかけて召し上がってくださいね」

運んできた女性の店員さんが、そう語りながら私が持っていた楊枝入れに視線を落とした。

「こちら大変柔らかくなっておりますので、黒文字よりお箸でお召し上がりになった方がいいですよ」

黒文字？　一体なんのことを言っているのだろう。すると店員さんはキョトンとしている表情から察したのか、慌ててフォローを入れてきた。

「ああ、すみません。持ってはるの和菓子用の楊枝入れかと思いまして……」

「えっああ、そうですよね、すみません」

頭をぺこっと下げて店員さんは奥へ戻っていった。鞍馬くんは楊枝と言っていたので、てっきり食後におじさんが歯間をシャーシャーしている爪楊枝入れのことだとばかり思っていたが、和菓子用の楊枝入れと言うことだったのか。我ながら無知すぎて恥ずかしい。もしかして鞍馬くんが言っていた〝京都らしい使われ方〟というのは和菓子のことだったのかもしれない。きっとそうだ、京都ほど和菓子文化が栄えている地域もないはずだ。

「うわ、見てみ。これ柔らかすぎてつまんだら下に落ちそうや」

　雅は割り箸で、わらび餅をつまんで持ち上げていた。私も持ち上げてみると、ぷるぷるとした見た目よりも、ずっと柔らかい。そのまま口に運ぶと、舌の上でつるんと滑(すべ)り、じわっと溶けるように消えていった。和三盆(わさんぼん)の甘みがほのかに残る。

　きな粉をつけると香ばしさが増し、黒蜜ではじわっと甘さに奥深さが増す。雅も気に入ったようで、すぐに平らげていた。

「はぁ、旨(うま)かった！　疲れてたしちょうどええわ」

「ねぇ、雅、さっきの店員さんの話聞いてた？」

「なんか言ってはったな。黒文字がどうたらって」

「黒文字って和菓子用の楊枝のことなんだね。もしかして鞍馬くんが言ってた京都らしいっていうのは、そういうことだったのかな」

　もしかして、手がかりは和菓子なのかもしれない。たまたま立ち寄ったお店だったが一歩前進したような気がした。私と雅はお店をあとにし、鞍馬くんに渡された地図に従い、四条と五条の間の大和大路通のそばにある京都ゑびす神社へと向かった。

「ここか、鞍馬が言うとったとこは」

到着したゑびす神社は大阪にある今宮戎神社、兵庫にある西宮神社と並んで日本三大ゑびす神社のうちの一社らしい。商売繁盛、交通安全の他に航海安全の神様でもあるようだ。丹後地方しか海に面していない京都の中心地に、なぜ航海安全の神様が？　と思ったが、どうやら平安末期に、海難から人命を守ったことがあるということから航海安全の神としても有名なようだ。

「鞍馬くんが肩叩きしてあげてって言ってたけど、誰かに会うってことなのかな」

「なんで肩叩きなんや、偏屈な老人でもおるんかいな」

見上げると、中心にゑびすさんの顔がついた福箕が鳥居の真ん中に飾られていた。見覚えのある顔でにっこり微笑んでいる。すると、雅の頭の上に何かが落ちてきた。

「痛っ!!　なんや!!」

落ちてきたのは五円玉だった。後ろを振り向くと、周りの参拝客がゑびすさんの顔に向かって小銭を投げているではないか。

「ああ、すみません！　福箕にお賽銭が入ったら、願いが叶うみたいで」

後ろにいた男性が、急いで雅に謝った。

「そんなわけあるか！」

「いや、本当みたいだよ。他の人も投げてるし」

周りを見わたすと、参拝客たちがゑびすさんに向かって賽銭を投げていた。ご丁寧にゑびすさんの顔の下には熊手が取りつけられ、入りやすいように金網も張られていて、福箕に入らなかった賽銭がそこに溜まっている。雅は運悪くゑびすさんの顔に跳ね返った賽銭が直撃してしまったらしい。

さらに奥に進むと、拝殿横の壁に不思議な注意書きが貼られていた。

〝優しくトントンと叩いてください

ゑびす様のお肩をたたくお詣りです

ノックをされるように優しくお願いいたします〟

どうやら、ここの神様は高齢で耳が遠いため、肩を叩いて参拝に来たことをお知らせするという習わしがあるようだ。お賽銭といい、なんとも面白い趣向が凝らされた神社である。その時、ハッと気がついた。鞍馬くんが言っていた肩叩きとはこのことかもしれない。

「もしかしてこれか？　鞍馬が言うとった奴。おーい鞍馬に言われてきたんやけど聞こえてる？」

　雅は大声で壁をノックし出した。しかし、特に反応はない。

「なんや、反応がないな。もっと強く叩かなあかんかな」

「それはやめとこう、なんか昔強く叩く人がいすぎて壊れたみたいだよ」

「けど聞こえてへんのやったらしゃあないやろ！」

　雅は二回ほど強くノックをした。

「ちょっと！　罰当たりなことやめて！」

叱りつけると、握った拳を無念そうに下げる雅。それにしても鞍馬くんは神様にまで顔が利くのか、さすが鞍馬天狗を束ねる男である。しかし、応答がないので今日は留守なのだろうか、神様でも留守ってことはあるんだな、諦めて帰ろうとしたその時である。雅の頭に再び、賽銭が当たった。

「痛？　もうなんやねん！」

　振り向くと、そこにはニタリと笑った和装姿の初老男性が立っていた。

「お兄ちゃん、強く叩いたらあかんで。こんな老いぼれでも体が資本なんや」

　男性の顔を思わず二度見する。まさに、先ほど鳥居に飾られていたゑびすさんそのものではないか。

「えっ、あの、もしかしてあなたがここの……」

「僧正ちゃんの知り合いやいうことは、君らもこっちの世界のもんやろ」

ゑびす顔、という以外に形容のしようがない顔立ちだが、その場にいる参拝客は誰も気がついていないようだった。鞍馬くんも誰にも見えなかったのだから、神様も人間の目には見えないのだろう。

「ほんで、わしになんの用や？」

「俺らは付喪神返還人なんや。正確にはこっちが返還人なんやけど。でも能力が使えへんみたいでな。それで京都で顔が利くおっちゃんを紹介されたんやわ」

するとゑびすさんはしばらくニコニコ顔のまま無言で立ち尽くしていた。

「……はぁ？　何言うてんのか全然聞こえへんかったわ」

どうやら、耳が遠いと言うのは本当らしい。

「いや、だからな、落とし物についておっちゃんの力を借りに来たんやわ！！」

雅が大声を出すので、周りの参拝客たちの視線が集まる。独り言を大声で叫んでいるやばい奴だと思われているに違いない。

「ああ、あれか。付喪神の返還人か。知ってることあったら教えたるさかい、付喪神を見せぇ」

私はバッグにしまい込んだ楊枝入れを、急いで出して手渡す。

「ほう、西陣織の楊枝入れかいな。富椿、て名前も入っとるな」

「はい、実は鞍馬さんが〝京都らしい使い方〟があるとおっしゃっていて」

「そやな、確かに楊枝入れには、京都らしい使い方があるわな。お二人は知っとるんかいな？」

「そら当然や！　和菓子やろ！　京都といえば八つ橋！　この持ち主は無類の八つ橋好きで和菓子用の楊枝を持ち歩いてたに違いない!!」

雅が自信満々に答えた。それ、さっき私が言ってたやつじゃん、と思いながら黙っていると、ゑびすさんは笑いを堪えるように肩を震わせていた。

「それ、君が考えたんか？」

「そうや！　さっき甘味処に行った時ピンときてな」

しかしゑびすさんはたまらず笑い出した。

「くっくっ……あかん、アホすぎて涙出てきたわ！」

「はぁ？」

「和菓子なんか日本全国どこにでもあるやろ、なんでそれが京都らしいねん。何百年住んどんねん」

なんと、雅が自信ありげに語った私の推理は見当違いだったようだ。雅は、顔を赤らめてこちらを睨んだ。恥ずかしいのはわかるけど、人の言ってたことを奪った罰だよ、と思って無視することにした。

「俺は、千年以上住んどる生粋の京都人や！」

「なんや君、わしより年上なんかいな」

掛け合い漫才のようなやりとりをする二人を見ながら、こんなにコケにされるなら言わなくて本当に良かった、雅が間違った推理を自信満々に披露してくれたおかげで恥をかかずに済んだと、内心感謝していた。

「じゃあ、わしが教えたるわ。楊枝入れの京都らしい使い方を」

そう言うと、ゑびすさんは忽然と姿を消してしまった。

「なんや、おっさんどっか行ってもうたで」

「ここにおる」

振り向くと、クリーム色のスリーピーススーツに同色のハットを被り、杖を持ったゑびすさんが立っていた。色違いゴッドファーザー、というたとえが適切だと思う。

「この服にはな、妖力が込められてるさかいどっからどう見ても人間やろ。ほな行こか」

「行くってどこにやねん」

「言うたやろ、使い方を教えたるって。ニッパチやから福を運ばんとな」

ゑびすさんは四条の方に歩き出した。辿り着いたのは灯籠が灯る花見小路。日が落ちたあとの通りの様子は先ほどとは打って変わり、より幻想的な雰囲気を醸し出していた。ゑびすさんは立ち並ぶ町家の中で、ひときわ目を引く町屋の大きな暖簾をくぐった。

「ここは料亭かなんかですか?」

「来るん初めてか?　お茶屋さんや」

「お茶屋さんてことは、舞妓さんとかがいる?」

「せや、一見さんお断りやからな、普通は入れへんで」

初めて入ったお茶屋さんは、幻想的な花見小路よりもさらに別世界と呼ぶにふさわしかった。暖簾の先には小さいながらも日本庭園があり、格式が高い和の美が目前に広がっていた。庭を横切ったところにある扉の先では、凛とした雰囲気の女性が迎えてくれた。四十代ほどだろうか、背筋がしゃんと伸びていて動作の一つ一つに繊細な美しさを感じる。

「おこしやす、目黒様、お待ちしておりました」

「おかあさん、今日はな、若者を二人連れてきましてん」

「いつもご贔屓にしてくれはっておおきにどす。こちらへどうぞ」

おそらく目黒とは、ゑびすさんが人間に姿を変えた際の偽名だろう。案内されたのは広い和室。見慣れているはずの和室だが、とてもではないが寛げない雰囲気だ。

「僧正ちゃんに聞いとったさかいな、顔なじみの店を予約しといたんや」

「そういえば目黒って誰や？」

キョロキョロしながら雅が呟く。

「わしの人間ネームや、ここでは中京区にビルを三つ持ってる地主ってことになっとる」

「何で微妙に見栄張った嘘ついてんねん」

ヒソヒソ声のゑびすさんによると、神様でもたまにこうやって人間に姿を変えて遊ぶこともあるそうで、人間の姿の時に知り合った大企業の会長から紹介を受けたらしい。素性がバレていないどころか、「目黒さんが来はったあとはお店が繁盛する」とさえ言われているのだとか。さすが都七福神だ。

しばらくすると、華やかな装いの芸舞妓さんが二人やってきた。美しい淡い桃色の着物を纏い、目元と口元の紅が映える白塗りの肌、結い上げられた黒髪には赤い花飾り、と初めて間近で見る芸舞妓さんの装いは優雅で息を飲むほど美しかった。

「梅羽と申します。よろしゅうおたのんもうします」

手をついて挨拶をする舞妓さんのゆったりとした京言葉は、しなやかで美しい音色のようだった。彼女は花が描かれた小さな札のよう紙を私たちに差し出してくれた。なんだろう、名前が書いてあるので舞妓さんの名刺のようなものだろうか。

「これ名刺ですか？　可愛いですね」

「これは花名刺ていうて芸舞妓の名刺どす。千社札って呼ばはる方もいらっしゃいますえ」

「へぇ、初めて見ました」

「いろんなデザインがありますさかい、集めはるのもよろしおすえ。お財布に入れはるとお金が舞い込むと言われてるんどす」

花名刺は、人差し指ほどのサイズで大切に保管しないとぐちゃぐちゃになってしまいそうだ。けれども名刺入れはないし、何かちょうどいいものはないかとバッグの中を探した時、指先に触れたのは落とし物の楊枝入れだった。その時、何か直感が働き私は思わず楊枝入れを取り出した。

「あれぇ、お姉さんもう集めてはりましたか」

「え？」

楊枝入れを見た舞妓さんが優雅に微笑んだ。

「梅羽さんも楊枝入れ持ち歩いてるやろ？」

梅羽さんとの会話を聞いていたゑびすさんが、ニッと笑う。

「もちろんどす、楊枝入れは芸舞妓ならみんなつこてはると思いますえ」

「このお嬢ちゃんお茶屋さんに来るのが初めてでな。見せたげてくれへんか」

「ええ。これは花名刺入れにちょうどええんどす。ちょっとお借りしますえ」

梅羽さんは、私が受け取った花名刺を楊枝入れにさっと入れた。花名刺はぴったりと楊枝入れに収まる。そうか、京都らしい使い方、というのは芸舞妓さんたちの名刺入れ代わりとして使われているということだったのか！

「そっか、雅。じゃあ富椿さんって方は……」

「せやな、芸舞妓やった可能性があるな」

「あの、富椿さんっていう方はお知り合いにいらっしゃいますかね？」

「富椿姉さんどすか？　うちは存じ上げておりまへんけど、お名前からして宮川(みやかわ)町(ちょう)の方の方やと思いますえ」

「名前でわかるもんなんか？」

「置屋(おきや)によって、〝とし〟やったり〝市〟やったり特徴的な文字をつけはる場合があるんどす。富やったら宮川町の置屋の方かと思いますえ」

芸舞妓の名付けにはそのような傾向があることを初めて知った。京都に住んでいても、花街(はなまち)は別世界で接点を持ったことがないという人の方が多いのではないだろうか。

　向かいに座っていたゑびすさんは冬の幸をあしらった鮮やかな彩りの八寸をつまみに、上機嫌で日本酒を飲んでいた。

「な、京都らしい使い方もあるんやで。まぁお嬢ちゃん、飲みよし」

「私はまだ飲めないので……」

「おっちゃん、紫苑の分も飲むわ」

「なんや、君はいける口かいな。ほんで、目星はついたんかいな」

「ええ、宮川町の富椿さんって方のようです」

するとゑびすさんは、腰を据えた様子でゆっくりと口を開いた。

「やはりそうか、懐かしなぁ」

「え？　おっちゃん知り合いやったんかいな？」

「ええ芸妓さんやったで。一月に毎年やってる十日ゑびす大祭でな、残り福祭っていうのがあんねん。そこでな、祇園町の舞妓さんと宮川町の舞妓さんが福笹いう縁起物を配るんやけどな、それに来てくれてはった時が懐かしいわ。わしの記憶力は神がかっとるやさかいな」

「知り合いなら言ってくれたら良かったやんか！」

「そしたら君ら飲みに付き合わへんやろ！」

なんと、ゑびすさんは富椿さんのことを知っていたようだ。けれどもどうしてもお茶屋さんに飲みに来たくて黙っていたらしい。早く言ってくれたらと思ったが、秘密にしていた理由が少し可愛い気もする。

「それで富椿さんとは、今も交流されているんでしょうか？」

「交流はないけども……何回か見かけたことがあるわ。まだいはるかわからへんけど一回店に行ってみ。東山の方やわ」

「ありがとうございます！　雅、早速明日行ってみよう」

「せやな。俺ちょっと厠に行ってくるから、おっちゃん詳しい場所教えといたって」

　お酒が回り顔をほのかに赤らめた雅は、そそくさと廊下へと出て行った。

「お店の名前とか、覚えてらっしゃいますか？」

「二寧坂にある和服屋の扇月さんや。看板も出とるさかいすぐわかると思うわ」

「はい！　でも良かったです、私今回が初めてだったので……手がかりをどう摑めばいいのかわからないことだらけで」

「そういえば、能力がないて言うてたな。でも変やな、君からは確かに妖力みたいなもんを感じるんやけどな」

「全くないわけではなくて、付喪神や妖の頭を撫でると記憶が少しだけ見えるんです。確か雅が記憶共鳴って言ってたような……」

「記憶共鳴？　おかしいな。それは付喪神返還人やなくて天女の能力やで」

「えっ？　そうなんですか？」

「天の原　ふりさけみれば　霞立つ　雲路惑ひて　行方知らずも。天女にまつわる言い伝え、聞いたことあるやろ、丹後地方で天の羽衣を隠されたっちゅう……『丹後国風土記』やな」

ゑびすさんは逸文を詠むと、おちょこをクイッと口に運ぶ。

「まぁ、しおらしく書かれてるけどな、実際には気ぃ強い天女も多いで。若い頃は飲みに誘うにも随分手ぇ焼いたもんや。あー懐かしな。わしらが若い頃は吉祥天っていうマドンナがおってやな、別嬪さんで気立てのええ子やったんやけどな、妹がおって、その子が曲者でなぁ……」

昔を懐かしみ独り言のように語るゑびすさんの顔はどんどん赤くなっていく。相当お酒が回ってきたらしい。

しばらくして雅が戻ってくると、三味線と共に芸舞妓さんたちによる日本舞踊が始まった。

ゑびすさんによると、藤娘という悲恋を唄った曲のようだ。まるで神聖な儀式のような舞に魅せられていると、世間から離れた場所にでもいるかのような、特別な時の流れを感じた。

翌日、二寧坂の中腹にある和服屋さんの扇月に出向くと、お店は観光客が多く忙しそうであった。着物や浴衣姿で東山近辺を歩き、写真に収めることが定番となってきているようで、周りには着物や浴衣でコーディネートを揃えた人々でごった返していた。私は、お店の受付に立っていた若い男性に富椿さんのことを尋(たず)ねてみたが、返ってきた答えは意外なものだった。

「富椿、ですか？　えー、うちにその方はいませんねぇ」

ゑびすさんが見たというのも最近の話ではないようだったし、もしかしてもう辞めてしまったということだろうか。対応に困っている男性の元に、女将(おかみ)さんらしき和服の女性がやってきた。

「なになに、どしたん？」

「富椿さんって方を捜しておられるようなんですが、うちにいませんよね？」

「富椿……？　ああ、もしかして坂内(さかうち)さんの昔の名前ちゃう？　捜してはるのはあれやんね、芸妓さんされてた坂内さん」

「ちょっと本名は知らないのですが、その方だと思います」

なんと、やはりこのお店で働いていたようだ。その女将さんらしき女性によると、着付けの先生でここのお店にも週に何回か来てもらっていたらしい。

「せやけどね、坂内さんお体壊さはったみたいで、最近うちにいはらへんのよ」

もうこのお店には着付けに来ていないとのこと。どうしようかとうろたえていると、雅がずいっと前に出てきて魔性(ましょう)の笑みを浮かべた。

「実は、富椿さんにどうしても渡さなあかんもんを預かってて、なんとか連絡とれませんやろか?」

すると、女将さんは少し照れているのか、さっきよりも早口で話し出す。

「せ、せやね。連絡先は知ってるさかい今電話してみよか?」

特殊な力でも使ったのか、女将さんはすぐさまお店の受話器を握った。すごい、これが魔性の微笑みの力か。

「ほんまですか? お願いします」

「お名前いただいてもよろし? なんて伝えたらええ?」

「名前は、雅です。富椿さんの思い出の千社札入れを預かっているので届けたいとおっしゃっていただければ」

「千社札入れ、ね! ……もしもし? 坂内さんですか? ええ。扇月の沢田(さわだ)ですー」

どうやら富椿さんに繋(つな)がったようだ。女将さんは用件を伝えてくれて、ええ、ええ、と相槌を打つと、片手でOKマークを作って私たちに示してくれた。

「はい、ほなおおきにー。失礼します。……坂内さん、なんかえらい驚いてはったわ。けどなんか今、体調悪くて入院してはるみたいやから、そこから出れへんみたいやけど」

「ええ！　どちらの病院ですか？」

「京都駅のすぐそばの高木病院みたい。面会は大丈夫みたいやけど、そこまで行ってもろてええ？」

「はい、ありがとうございます！」

「それと……良かったらお二人、タダでええさかい着替えて写真撮っていかへん？」

「えっ、そんな……」

「ほら、この子がSNSに詳しいから最近お店の宣伝してるんやけど、そこにモデルとしてお写真使わせてくれへんかなぁ？」

先ほどの若い男性店員がペコっと頭を下げた。どうしよう、と雅の顔を見ると、「ええんやないですか」と即答だった。

男女に分かれてお店の奥の着付け室に入り、私は紅梅色の着物を着て髪を結ってもらう。着物を着て写真撮影をするだなんて、ものすごくカップルっぽいことをしている。それに普段、髪をきちんと結ったり着物を着ることがないので、着飾った姿を雅に見せるのは少し恥ずかしい。雅はどんな反応をするだろうか。無反応の可能性も充分あるが、もしかしたら褒めてくれるのではないかと少し期待している自分がいた。

「お待たせしました」

着付け室を出て、雅と合流すると、雅は銀鼠(ぎんねずみ)色の着物を身に纏っていた。いつも和服なので、新鮮味があるわけではないが、雅の影のある雰囲気と着物の色が合っていて、魅力をさらに引き立てているように思えた。一方雅は、私を見て一瞬驚いたような表情を浮かべた。

「ど、どうかな?」

「……一瞬びっくりしたわ」

「それはいい意味?」

「ああ、よう似合(にお)てるやん」

雅はまじまじと私を見つめた、まるで私の顔から何かを読み取ろうとしているかのように感じられた。

「いや、二人とも綺麗(きれい)やわぁ。絶対似合うとおもててん」

受付から暖簾をくぐり、女将さんがはしゃぎながらやってきた。女将さんの声を聞いて、雅も我に返ったようだった。

「じゃあこっちで写真撮りましょか。はい、二人、もっと寄ってください。カップル用の宣伝に使わせてもらうさかい仲良さそうにしてー、ほら、肩とか組んでもろて！」

「こんな感じですか？」

「ああ、ええ感じじゃやねぇ！」

雅が私の肩をそっと引き寄せる。雅の大胆な行動に、冬場だというのに妙な汗が吹き出そうになる。

「彼女さん、そのまま彼氏さんの肩に首をこてんと倒してみてー」

カメラマンさんの奥で女将さんがポーズを指示してくる。恥ずかしくて顔が引きつっているのがわかるが、なるべく求められているポーズに応えようと首を倒すと、頭に雅の胸が当たる。写真のためだとはいえ、こんな至近距離で雅と密着するのは心臓がもたない。

「じゃあ次は二人で向き合って頭なでなでしてるポーズで」

「次は私がやるよっ！」

気恥ずかしさを打ち砕くために手を挙げて雅に笑いかける。カップル撮影といえど、こういう甘い雰囲気には慣れていないので、どうにも居心地が悪い。嬉しさもあるけれども、恥ずかしさに耐えられそうにないので、故意におどけて振舞ってしまう。恋愛経験のなさが露呈しているなと自覚しつつも、どうしようもない。

「なんや、普通逆ちゃうんか。身長差もあるんやし」

「私はこのバージョンの方がいいと思うんだよね！」

「まぁ、別にええけど」

勢いで押し切って、雅の頭に手を乗せて軽く撫でる。これはこれで楽しい雰囲気の写真になるかもと思った時、急に目の前が粗いモザイクのように歪み、立ちくらみに襲われた。この間、付喪神を撫でて火事の光景を見た時と同じ現象だ。

意識が遠のくとともに目の前に広がったのは、夜桜が舞う川辺で、遠くに見える月と艶やかな黒髪の女性。あたりは静まり返っていて、ふんわりとした薄紫のストールのようなものを肩にかけた黒髪の女性を、雅は強く抱き寄せていて、雅の鼓動だけが聞こえる。その時なぜか、雅が彼女を想う気持ちだけではなく、彼女が雅のことを心から慈しむような深い感情までもが胸に沁み入ってきた。恋を経験したことはないが、なぜか慣れ親しんだ心地に触れたような気がした。

「ええ写真撮れたわぁ、おおきにね！　じゃあ着替えてもろていいよ！」

女将さんの声で、我に返ったものの、私はしばらく呆然としていた。

「もう着替えてええらしいで」

さっき、雅の記憶の一片らしきものを見てしまったことを黙ってはいたものの、そのことで頭の中が一杯であった。あの女性が、雅が言っていた捜している人なのだろうか。けれども、彼の聖域に無断で触れてしまった気がして、何となく口に出してはいけないことのような気がした。

「はい、これ。今撮った写真と、次回の割引チケット。また来てね！」

女将さんは大判の写真を二枚とチケットを私に手渡してくれた。多少表情にぎこちなさが残るものの、そこに写った私たちは紛れもなく恋人同士であった。

「ええ写真やん、なぁ？」

「うん、そうだね」

「さっきからどないしたんや、腹でも痛いんか」

「そういうわけじゃないけど、ちょっと疲れちゃったのかな」

雅の記憶を見なければ、もう少し素敵な思い出として余韻に浸れたかもしれないが、一人で照れて、一人で恋人ごっこに舞い上がっていた自分が少し滑稽に思えた。

「なんか嫌なことでもあったんか」

思わず顔を見上げた。雅に見透かされるほど、顔に出ていたのだろうか。

「いや、そんなことは……」

「話したくないなら、別にええんやで。俺には気ぃ使わんでええから」

「ありがとう。私にはもうちょっと気を使ってくれてもいいよ」

言いたい言葉じゃないのに、その場を取り繕おうと変なことを口走ってしまった。

「なんやねんそれ！　あー、でもなんか紫苑の前やと気が緩んでまうねんな、なんでか知らんけど」

溢れた雅の本音を聞いて、舞い上がるほどではないにしろ特別な関係のようで、少し胸のつかかえが取れた気がした。

＊

京都駅の伊勢丹のそばにある高木病院に着いた私たちは、面会手続きを済ませて、富椿さんといよいよ対面することになった。女将さんの話では、富椿さんに千社札入れのことを伝えると、驚いた様子だったらしい。この千社札入れは、何かしらの思い出が詰まった特別なものということなんだろうか。消毒液の匂いがする廊下を通り、私たちは病室の扉を開けた。

そこにいたのは、ベッドに座る小柄なお婆さんだった。七十代ほどだろうか、年齢の割に元芸妓というだけあって姿勢や所作に凛とした雰囲気がある。

「初めまして、あの着物屋さんにお電話をお願いした者です」

「わざわざおおきに。すんまへんなぁ、こないなとこまで」

ゆったりとした口調で出迎える富椿さんに、私は千社札入れを手渡した。すると富椿さんは目の色を変えて千社札入れを受け取り、感嘆の声を漏らした。

「ああ、懐かしおすなぁ。大した挨拶もしてへんのにこんなこと聞くのもあれやけど、これどうしはったんです？」

「あの、それは……この千社札入れを拾った方がいて、どうしても富椿さんにお返ししたいと、うちの骨董品屋に持ってこられたんです」

多少、嘘は交じっているけれども、大きな嘘はついていない。

すると、富椿さんは目に涙を溜め、恐る恐るといった様子で話し始めた。

「あの、その、これを届けてくれた人というのは……もしかして私と同い年くらいの男性でっしゃろか？」

「ええと、ちょっと私、その時にお店にいなくて……」

どうしよう、実際には誰かが届けてくれたわけではないので、なんと言えばいいんだろうか。口を濁しながら答えた時に、雅が私の口にそっと手を当てた。

「ええ。男性でしたよ。お名前は聞いていませんが」

「そう……でしたか……ううっ、うう……ごめんなさいね、この年になると涙もろくて」

「いいえ、もしお話しされて楽になるなら、少しお話聞かせてもらえませんか？」

雅は、そばにあったティッシュを数枚取って富椿さんに手渡すと優しく語りかけた。

「こんな年寄りの思い出話、退屈かもしれへんけど……」

富椿さんは、そう前置きすると千社札入れにまつわる恋の話を少しずつ語り出した。悲しい、叶わなかった恋の話を。

その昔、十二歳で四国から舞妓を目指して京にやってきた富椿さんは、宮川町の置屋に入った。親元を離れ、芸事の世界に一人身を置きながら厳しい修行を積んだそうだ。お昼はお稽古、夜はお座敷。置屋のおかあさんとお姉さんがいたとはいえ、気が張った毎日で、何度も故郷に帰りたいという弱音を押し殺して過ごしていたそうだ。そんな中、支えとなる人と出会ったらしい。

「それが、祥太郎さんやったんです。祥太郎さんは、歌舞練場の近くの喫茶店の息子さんで、暗い顔をしていると、いつも察して、私を励ますために特別な甘味を作ってくれました。この千社札入れも祥太郎さんがくれはったもんどした」

「心優しい祥太郎さんに次第に心惹かれていましたが、仕込みから舞妓になる間の、置屋に育ててもらったお代は、芸妓になって返さなあきまへんのや。当時はお金持ちの旦那はんと結婚して肩代わりしてもらうのが主流やったんです」

　富椿さんは記憶を一つ一つ辿るようにゆっくりと話してくれた。表情からも当時の苦悩を察することは難しくなかった。

「そやけど、うちは祥太郎さんへの気持ちを諦めきれまへんでした。舞妓から芸妓になってもその想いは変わらずに、ずっと喫茶店へ通ってたんどす。祥太郎さんも私のことを好いてくれてはりましたが、私の借金を肩代わりできる立場ではないこともわかってはりました。そんな時、お姉さんから芸舞妓に伝わるおまじないを聞きましてね。七月の祇園祭の時に、神輿が鎮座している御旅所から八坂さんまでお参りするんどす。そうしたら恋が叶うと言われてまして、うちも無言参りをしたんどす。けれどこのお参りには一つ守らなあかんことがあって、道中誰とも口を聞いたらあかんっていうものだったんどす」

　穏やかな口調で語る富椿さんだったが、当時の感情が鮮明に蘇ったのか、暗い口調に変わった。

「うちも、誰とも口をきかんようにお参りしたんどすが、その時悲惨なことが起こったんどす」

「男衆さんが走ってはってね。〝喫茶店が火事や〟って。うちは驚いて、男衆さんに祥太郎さんは無事か聞いて、すぐに喫茶店に向かったんどす」

火事、という言葉を聞いて少年を撫でた時の記憶が蘇った。そうだ、今思えば、あの風景は祇園だったような気がする。私が見た記憶は、富椿さんと少年にとって衝撃的だった出来事の断片だったということか。

「祥太郎さんは無事だったんでしょうか……」

「はい、何とか逃げ出していて体は大丈夫やったんですが、ご両親は逃げ遅れて亡くなってしまわはって……お店も全焼して借金だけが残ってしまい、祥太郎さんはひどく落ち込んでいました。

私に何かできることはないか、毎日思い悩んでいた時に、ご贔屓さんから水揚げの話が来たんどす。その方は奥さんもいる方で、ようは芸妓を上がってお妾になれということどした。そんな話を受ける方がおかしいと思わはるのが普通でしょうけど、当時は祥太郎さんのお店をどうにかしたい気持ちで一杯でした。だからうちは、祥太郎さんのお店を建て直してくれはることを条件に、その話を受けて芸妓を上がることにしたんです」

胸に、当時の富椿さんの気持ちが重くのしかかる。好きな人の暮らしを守るために、自分にとっての幸せを押し殺して身売りをするのは、どれほど辛い決断だっただろう。

「当時は、これで祥太郎さんが救われるならと思っていたんどす。けど年を重ねるごとに、あの時違う選択をしていたら、祥太郎さんと生きていたかもしれない人生を思うと、やりきれない時がありまして……こんな人生の終焉に思っても仕方ないとはわかっているんです」

「そんな、今は人生百年時代って言いますし、これからまだまだ……」

慰めようとしたけれども、富椿さんの表情は落胆したままだった。

「いいえ、私、もう先が長くないんどす。癌が見つかって、あとはここで死を待つだけになってしまいました」

なんて言葉をかけるのが富椿さんにとっていいのか、正直わからない。きっと富椿さんは、また祥太郎さんに会いたいと心の中では思っているんだ。私にもその気持ちはすごくわかる。両親に会いたくても会えないからだ。けれども私とは違うところが一つある。祥太郎さんもどこかで生きている可能性があることだ。

「富椿さん……！　祥太郎さんに会いに行きましょう！」

「へ？　そやかて、うちは裏切ってしまったんやし、祥太郎さんに顔向けできひん。それに向こうには向こうの生活が……」

「でも、富椿さんは祥太郎さんと一緒の人生を選ばなかったことを後悔しているんですよね？　今会わないと後悔が二つになりますよ！」

するとずっと黙って話を聞いていた雅が、口を開いた。

「富椿のばあちゃん……俺もそう思うわ。嫌ほど自分の気持ちを押し殺して生きてきたんやろ。後の人生は気持ちに従わな」

「けど、ずっと祇園には近寄らんようにしてたさかい、まだお店があるかどうか……」

「なんてお店ですか？　調べます」

「切り通しにある喫茶店で、鈴々堂(りんりんどう)っていうんやけど……」

検索してみると、すぐにお店の情報が出てきた。お店は、芸舞妓さん御用達(ごようたし)のようだが、あれ、このお店どこかで見かけたような……。

「富椿さん、このお店ですか？」

検索したページを見せると、富椿さんはホッとしたような表情になった。

「そうそう、このお店まだあったんやね。ここでいつも青いゼリーを特別に作ってくれはって。お店には赤いのんと黄色いのんと緑のしか置いてはらへんかったんやけどね」

赤、黄、緑、青のゼリー？　私はハッと思い出してカメラロールを開いた。そうだ、ここは昨日雅と通りかかった喫茶店だ。

「富椿さん、青いゼリー食べに行きましょう、きっと祥太郎さんも待っています」

私は富椿さんのか細い手を握った。

後日、私と雅と富椿さんで喫茶店を訪れた。喫茶店のドアを開けるとチリンチリンと鈴の音が鳴る。「いらっしゃい」奥から白いシャツにエプロン姿の年がいった男性が出てきて、水をテーブルに置いた。

「ご注文いかがしましょう?」

男性の声を聞くなり、富椿さんは息を吐くのを忘れたかのように固まった。そうか、この男性が長年思いを募らせていた祥太郎さんなのだろう。すぐに俯いてしまった富椿さんの背中を押そうと、私は祥太郎さんに話しかける。

「あの、この青いゼリーはいつからお店に出してらっしゃるんですか?」

「ああ、これですか。これは四十年くらい前でしゃろか」

「綺麗だし美味しそうですね。どうやって考案されたんですか?」

祥太郎さんは一瞬驚いたような顔を見せたのちに、何かを懐かしむような目をして答えた。

「……ああ、これは私の思い出のメニューなんです、おすすめですよ」

祥太郎さんはどこか切なく、そこはかとなく愛おしいものを見るかのような表情で優しく語った。直前まで、会うのはやっぱり怖いと言っていた富椿さんが、その言葉を聞いて声を震わせる。

「祥太郎さん？　……特別メニュー置いてくれてはったんやね」

祥太郎さんは、富椿さんの方を見て、一瞬時が止まったように表情を固めた。

「富椿やけど、覚えてはるやろか？」

「富椿さん？　……そんな、忘れるわけありまへんやろ、今までどこにいはったんですか……」

「ごめんね、祥太郎さん。ずっと会いたかったんやけど、うちがあんなことして裏切ってしまったから」

「何言うてはるんですか。私こそ、あん時は何もできずに……」

答える祥太郎さんの声も震え、目に涙が溜まっていた。離れてしまって何十年も経ち、お互いに押し殺してきた想いが溢れ出したのだろう。けれども離れている間も、お互いへの気持ちは忘れられることなく、ずっと京都の空の下で繋がっていたようだ。

ふと、雅が私の肩を叩く。

「あとは二人にしてあげよか」

雅に促され、私も席から立ち上がる。

「富椿のばあちゃん、悪いけど俺ら寄るところがあるんやったわ。ほな先出るわ」

「ええ、そんなゆっくりしていかはったら……」

「いえ、本当に寄らないといけないところがあるんです。では失礼します」

お店を出ようとした時、背中から富椿さんの声が聞こえる。

「紫苑さん、雅さん。おおきに……！」

涙交じりの擦り切れるような声を聞いて、私たちはお店の外へ出た。

富椿さんにとってあの楊枝入れは昔の思い出、と一言で片づけることができない大切な想いが詰まったものだったようだ。楊枝入れが付喪神となって富椿さんの元へ戻りたがっていたのは、富椿さんの後悔をわかっていたからかもしれない。

「なんとか返せたな。大変やったけど良かったな」

「うん、なんか最初は、怖いから落とし物を返そうって思ってたけど……立ち会えて良かったなって」

「ほんまはな、落とし物は返したら、ほなあとは勝手にどうぞ、で終わるんやけどな」

「そっか、じゃあ私、富椿さんに余計なこと言っちゃったかな……」

「いや。紫苑が言わなかったらあの笑顔はなかったんちゃうか」

ガラス越しに扉の奥を見ると、笑い合う富椿さんと祥太郎さんの顔があった。

「ほな、俺も捜し物があるからここで」

雅は、軽く右手を上げてその場を去ろうとした。

「えっ、どこ行くの?」

「六道の辻の方にな。まぁ、またちょくちょく寄るから落とし物があったら教えてや。それと」

「どうしたの?」

「俺も写真、一枚もろとくわ」

バッグからはみ出した写真を一枚つまむと、袂にしまい込んだ。

「和装、似合ってたで」

濁すように呟いた言葉がよく聞き取れないまま、私は雅の背中を見送り、写真を取り出した。雅と知り合って間もないけれども、この一年が終わる時、私はこの写真を何度も見返すことになるんだろうな、と少し切ない気持ちになった。

第四章　鞍馬天狗と満月の秘儀

　桜の時期が過ぎ、しばらくたっても京の街は観光客で溢れていた。私の家のあたりはまだいい方だが、四条あたりに出るのには覚悟が必要な時期だ。バスも街中も大混雑で、お茶をするのもご飯を食べるのも並ぶのは必須だ。

　初めて落とし物を返した時からはや三ヶ月。その後も、家の前に落ちている付喪神たちを元の持ち主のところへ届けることが三度あった。掛け軸、扇子、お琴。相変わらず私には、持ち主の名を読み取る才は目覚めなかった。雅によると、付喪神返還人である奥田家の人間で同じような記憶共鳴を持つ人間は見たことがないようだが、鞍馬くんが言うには、能力が芽生える前兆として起こっているんじゃないかとのことだった。

　落とし物を拾うたびに雅と悪戦苦闘し、鞍馬くんやゑびすさんに相談したりしながら何とか持ち主の元へ返している。雅はあれからちょくちょく家に遊びに来るようになった。雅曰く「紫苑とおるとなんか落ち着く」らしい。いつ来てもいいように、あれから我が家には「河道屋」の蕎麦ぼうろが常備してある。

雅には、変化大明神としての務めがある日がある。

一月、二月の子の日、三月、四月の丑の日、五月、六月の巳の日、七月、八月の戌の日、九月、十月の未の日、十一月、十二月の辰の日と、百鬼夜行が列をなして練り歩く日は決まっているようだ。これらの日は、百鬼夜行の付喪神たちにとってお祭りのような日で、悪因悪果を人に教えるという名目で、怪奇現象を引き起こしては人々を震え上がらせるという娯楽に興じるのだ。雅によると、元々は日を取り決めていなかったようだが、その昔、小野篁という人の陰の世界に通じていた平安時代の官僚がいて、百鬼夜行をどうにかしてくれという人々の声を閻魔大王に届け、変化大明神という役職を作り、それまで荒ぶっていた付喪神たちの息抜きとして行列をなす日を作ったそうだ。これにより百鬼夜行たちの蛮行は少し落ち着いたようだ。

しかし、全てが上手く廻るわけではない。たまに百鬼夜行を抜ける付喪神もいて、落とし物となったそれらを持ち主に返すことで邪気が暴発するのを防ぐことが奥田家の務めなのだ。

「紫苑、家の前になんか落ちてたで」

今日は珍しく日中にやってきた。いつも夕飯時を狙ってやってくるのだが、ゴールデンウィークでしばらく学校が休みだということを先週言ったからか、今日はいつも来る時間よりも早い。玄関のドアを開けると、そこに真っ赤な封筒を持った雅が立っていた。

「何それ?」

「家の前に落ちてたけど、ああこの封蠟は鞍馬からやな」

封筒を受け取ると、黒い封蠟が押してあった。封蠟には天狗のマークがあしらわれている。

「鞍馬が何の用やろ?」

雅は封筒を取り上げると、中を確認した。しかし、何も読み上げず、私に再び手渡す。

「これ、なんて書いてあるん?」

「私が読めばいいってこと?」

「ああ、俺は文字には疎くてな」

雅は文字が読めないらしい。それはそうか、昔の時代の人はみんなが読めたわけじゃないし、そもそも猫又だし。

「秘儀・五月満月祭にご招待　ドレスコードは黒和装って書いてあるね」

「あー！　もうそんな時期かぁ」

雅はしみじみした様子で頷き出した。五月満月祭とは何だろう？　秘儀と書いてあるので何だか怪しい儀式なのだろうか。天狗の世界は独特だと雅も言っていたような。

「鞍馬くんは天狗だけど、これ普通に日本語で書いてあるね。勉強したのかな」

「天狗はな、英才教育を受けとるからな。『人間やったら絶対、同志社幼稚園受けさせてた』って言うてはったみたいやわ。まぁ、あいつは今風に言うならインテリヤクザみたいなもんやろ」

天狗への偏見がすごいけれども、インテリヤクザという表現は妙にしっくりくる。

「それでこの五月満月祭っていうのは何か知ってる？」

「満月の夜に魔王尊に祈る祭りや。通称ウエサク祭って言われてて、夜中にやる祭りやねん。人間は夜に集まるけどな、俺らはそのあとの夜中に集まってる」

「なんか聞く限りでは怖さしかないんだけど、他の妖もいるってことでしょ」

百鬼夜行の行列に会った日の記憶が蘇ってくる。確か、鬼のような岩のような不気味な風貌の妖怪たちがたくさんいたような……。

「そんな怖いもんちゃうから大丈夫や。俺の連れなんやし堂々としとき」

しばらく雅と過ごしてわかったことがある。雅は多少言葉遣いが悪くて、どちらかといえば性格がひねくれてはいるが、頼られるのは嫌いじゃないようで、肝心な時は私を庇ってくれたりする。ただ、以前より気軽に話すようになったけれども、まだ雅には掴みきれないところがある。人懐っこいところもあるが、他人と一線を引いていて、核心には踏み込ませない。そんな相反した一面が雅にはあった。猫っぽいといえば猫っぽいけれども、少しそれが寂しく感じることもあった。

「そういえば、あれから落とし物は届いてないんか？」

「それが……今朝落ちてたんだよね」

「ほう、今度は何や？」

「これなんだけど……」

私はお店の方に置いていた落とし物を持ってきて雅に手渡した。今朝、玄関の前に落ちていたのは、年季の入った懐中時計だった。蓋がついているくすんだ黄金色の懐中時計。デザインはシンプルだが、重厚な雰囲気を醸し出していた。

「で、今回はなんか浮かび上がったか？」

「いや全然。でも、中開けてみて」

雅は蓋を開ける。蓋の裏には、家族の写真が貼りつけられていたのだ。和装姿の家族写真で、父親と母親、そして娘らしき少女と三人で仲睦まじい様子で写っている。ただ、和装といっても普通の和服ではない。男性は烏帽子をつけて、神主のような格好をしていて、女の子はうっすら白いお粉を顔にのせている。

「なんか統一感あるようで、いつ撮ったんかようわからん写真やな」

「そうなんだよね。最初は七五三かと思ったんだけど、お父さんは神主みたいな格好だし、女の子は白っぽいお化粧してるし、違うかも」

写真は大きな手がかりになりそうではあるが、そこからどう捜せばいいのか悩んでもいた。顔だけで人を捜すとすると、聞き込みくらいしか思いつかない。

「一回聞いてみるか。あー使うの勿体ないけど」

雅は朱雀の羽根を使って懐中時計の汚れを払うように撫でて見せた。現れたのは、懐中時計に目が生えた、どこからどう見ても妖の姿をした不思議な生き物だった。少年少女の姿になるものもいれば、このように不思議な姿になるものもいるようだ。

「こんにちは。はぁ、やっと話せる」

「あの、あなたも誰かの元へ帰りたいんだよね」

「ええ。持ち主の男性がおりまして、その人のところへ行きたいんです」

やはり持ち主のことをうっすら覚えているだけで、他のことは忘れてしまっているようだ。

「紫苑、撫でてみてくれへんか」

「うん、ちょっとごめんね」

私は優しく懐中時計の蓋を撫でた。目の前が粗いモザイクに霞み、何か見えてくる。それは懐中時計を覗き込む若い女性の姿だった。そしてその瞬間、流れ込んできたのは後悔に似た、喪失感のような悲痛であった。

「なんか見えたか？」

「うん、女性が見えた。後悔してるような気持ちでこの時計を見つめてた」

「女性？　おかしいな。持ち主は男性なんやろ？」

「はい、そうですね。年配の男性です」

懐中時計曰く持ち主は男性らしいけれども、記憶を見た限りでは持ち主は女性のようだった。どういうことだろう。

「まぁ、これも五月満月祭の時に持っていって、鞍馬に見せるか」

ひとまず五月満月祭に参加する必要がありそうだ。黒の和服ってどうしようと思っていた時、扇月のチケットの存在を思い出した。

五月満月祭当日の夕刻、お祭りに着ていく服を探しに、二人で二寧坂の和服屋さん扇月へ向かった。女将(おかみ)さんから貰(もら)っていた割引チケットを使う時があって良かった。お店に着いて明日まで和服を借りたいと言うと「お泊まりデートでもしはるん?」と女将さんに冷やかされたが、あやめがあしらわれた黒いあわせを着付けしてもらい、髪を結ってもらった。雅も墨黒(すみぐろ)色の着物を借りて、二人で合わせコーディネートをしてもらい、鞍馬神社へ向かう。昼の暑さが信じられないほど、終電で降り立った鞍馬駅は肌寒い。

「どうしよう、ショールも借りれば良かったかな」

「こっから暑くなるから大丈夫やで、ほら」

鞍馬駅を出て雅が指さす方を向くと、この世のものとは思えない恐ろしい光景が目に入り、心臓が止まりそうになった。中心に生首がある、燃え盛った大きな車輪がこちらをギョロリと睨(にら)んでいる。

「ひっっっ!!」

「輪入道(わにゅうどう)、久しぶりやな」

「ああ、一年ぶりか」

「これはこれは雅様、お待ちしておりました」

鞍馬くんの舎弟(しゃてい)のユニフォームでもあるスーツ姿に天狗の面の男性が歩いてきて頭を下げた。

「山道は長いですから、来賓の方々を送迎しております。さぁどうぞ輪入道にお乗りください」

「えっ、乗る？　これ乗り物なんですか？」

「顔の裏側に座席があるねん。いやー、輪入道速いねんけどちょっと暑いねんなー」

燃え盛る火を気にすることなく、雅は輪入道に乗り込もうとしている。どうしよう、ちょっと暑いとかいう以前に、火が着物に燃え移ったら死ぬんだけど……というかこんな妖怪大行進みたいなことが行われるなんて一言も聞いてない。

「あの、雅、ちょっと私、歩いていこうかな……」

「何言ってんねん、ほら」

「え？」

雅は、私を抱き上げて輪入道の座席に座らせた。

「離れてたらもっと怖いことなるで」

隣に座った雅の笑う顔は、炎に照らされていつもよりも妖艶に見えた。雅が持つ怪しく危険な魅力を、炎が引き立てているように感じる。けれども情緒的な気持ちは一瞬で終わりを迎えた。

「出るぞ」

輪入道は火の粉を飛ばしながら猛スピードで山道を駆け上がっていった。

「待って、燃える！　髪ちょっと焦げた！」

火の粉が撒き散らされる座席は、ガタガタ揺れて乗り心地は最悪だ。さっきまでの恐ろしさとはまた違う、着物が燃えてしまうかもしれないという物理的な恐怖に晒されながら、なんとか鞍馬神社まで耐え忍んだ。

到着した鞍馬寺は、人だかりならぬ妖だかりができていた。見上げると木々の隙間から満月が神秘的な輝きを地上に注いでいて、一見人間のような姿をしたもの、半分動物のような姿をしたもの、輪入道のように明らかに妖怪という風貌の不気味なものが集結し、本堂の前で騒いでいる。本堂の前には赤い光が灯った灯籠が、魔法陣のような不思議な形の円陣に沿って並べられていて、まさしく秘儀と呼ばれるにふさわしい怪しげな雰囲気を醸し出していた。

「すごい数の妖……普段からこんなに京都にいるってこと？」

「そやな、あそこの狸は狸谷から来とるし、鵺なんかは御所に住んどったな、今は大原らへんにおるらしいけど」

「御所って洛中のど真ん中だよね、妖なのにそこに入れるの？」

「天狗も京都中を飛んどるやろ。妖は基本的には洛外に生息しとるけど、元々住み着いてたり、神に近い妖は洛中におったりする。ほらこないだも七歩蛇に会ったやろ」

「変化大明神も神様っぽいのに、洛中には入れないの？」

「前にも言うたけど、百鬼夜行を束ねる役職やからいうて神に近いわけやない。人間にも崇められてへんしな」

「ミャー！　紫苑さん！」

声に振り向くと、阿吽の虎の阿に乗った鞍馬くんの姿があった。金の刺繍が入った黒の長いジャケット姿だ。髪もセットして固められていて、この間見た時よりも気合が入っているように見えた。けれども格好に既視感がある。なんだろう……ああ、あれだ。暴走族の特攻服だ。

「ようこそ、楽しんでいってくださいね。あとで余興もあるので」

「今年は何があるんや？」

「ああ、今年はね、酒呑童子秘伝の酒の鏡開きと、鵺と土蜘蛛の戦いと、あとそれから、化け狸たちによる化け能芸と……」

「百鬼夜行の大道芸やな、なんや熱心に練習しとったわ。息抜きがあるとあいつらもおとなしなるから助かるわ」

鞍馬天狗のお祭りだが、人間のお祭りのような出し物があるようだ。

「紫苑と廻ってくるわ。出店も出てんねんろ」

「うん、一反木綿が巻いた鯖寿司とか幽霊子育飴とか、姥火が焼いたみたらし団子とか……いろいろあるよ」

聞く限りでは、恐ろしそうなものしかないようだ。

「じゃあ行こか。はぐれんときや」

雅は腕を出した。摑まった方がいいということだろうか。真っ赤な灯籠の明かりが揺れている、妖だらけの人混みをかき分ける。私は、生首が火を吹いている妖怪の姥火が焼いたみたらし団子を片手に、雅のあとをついていく。相変わらず妖は恐ろしいが、雅といるとまるで祇園祭にでも遊びに来たような、楽しさの方が上回る。変化大明神というのは妖界では相当な肩書きのようで、雅は少し歩くたびに呼び止められては挨拶をされていた。

「変化大明神様、いらっしゃったんですね」

「これはこれは、深泥池の大蛇殿」

可愛らしい少女に声をかけられたかと思ったが、この少女は大蛇なのか。人は見かけによらないを通り越してよくわからない。雅は久しぶりに会った妖たちと話に華を咲かせていた。私は、話に交ざるのもなんなので、少し後ろで、お祭りの様子を眺めていた。

すると、前から歩いてきた誰かに軽く肩がぶつかってしまった。その時、腕に違和感が走った。袖に何かがしゅるりと入ってきたような感触が伝う。

「わっ！　すみません！」

「ああ、ごめんなさい……よそ見しておりました」

ぶつかった相手は、白と黒の有職文様柄の着物姿におかめのお面をつけた女性だった。紅が綺麗に引かれた唇が覗いてる。

申し訳ないことに、ぶつかった拍子にお面にみたらし団子のたれがべったりついてしまったようで、私はハンカチを取り出し、お面に手を伸ばした。

「汚れちゃいましたね、すみません！　今、拭きますね！」

お面についた汚れを拭いた瞬間、目の前がモザイク画のように歪み立ちくらみが襲う。そして、今まで聞いたことがないような叫び声が聞こえた。あたりは血のような海、巨大な剣山のようなものには人らしきものが刺さっている。さらに、なぜかその残虐な風景に似つかわしくない感情が流れ込んでくる。曲芸を見ているかのような興奮が交ざった高揚感だ。その時、手に何かを掴んでいる感触が伝わってきた。髪の毛だ。髪を掴んで人を剣山に放り投げようと、手に力が込められる。

「やめて！」

声を出すと、恐ろしい光景は消え去った。

「どうかなさいましたか？」

女性の一言に我に返ったものの、思わず手を引いてしまう。

「いえ、なんでもないです……」

この女性の記憶なのだろうか、地獄のようなおどろおどろしい光景が焼きついてまだ手が震えている。

「ひどく怯えていらっしゃいますが、もしかして見てはいけないものを覗かれましたか。例えば……人が無惨に殺される記憶など」

その瞬間、足下を捕らわれたように、その場から動けなくなった。声を出すことすら躊躇われるほどの恐怖が身を包む。

「おーい紫苑、どこや？」

雅の声が聞こえた時、さっきまでの金縛りのような感覚が嘘のように消え去った。

「雅！」

「妖怪だらけやからな、離れとったら危ないで。なんもなかったか？」

「それが今、変な人とぶつかって！　あれ？」

さっきまで目の前にいた長髪美人の姿が消えていた。見失ってしまっただけか、けれどもこの人混みですぐに移動できるわけもない。

「お連れ様ですか、変化大明神様が女性連れとは珍しい。あれ、もしかして……お捜しだった吉祥天様ですか？」

恰幅の良い甚兵衛姿の狸が愛想よく話しかけてきた。

「この方が吉祥天様ですか？　お話は聞いております！　変化大明神様良かったですね！」

大蛇の少女も目を輝かせていて、一斉に視線が注がれる。

吉祥天様、どこかで聞いた名前だ。そうだ、確かゑびすさんが言っていた天女様の名前だ。その人と間違えたということだろうか。雅の方を見ると、少し強張ったような表情をしていた。

その表情を見て、頭の中で今までの雅の言動とその単語が繋がる。吉祥天様という人は、雅がずっと言っていた捜している人なのかもしれないという思いがよぎった。

「あー違うって。この子は戻り橋のとこの、付喪神返還人や」

「女性といはるさかい見つけはったんかと思いました！　早よ見つかるといいですね」

狸はあっけらかんとした様子で笑いながら雅の背中をポンポンと叩いた。間違いない、やはり雅が捜しているのは吉祥天という名前の天女様のようだ。

「この子と六条御息所のとこで契約を交わしてな。六条御息所の力で一年は洛中に入れるんや」

「そうでっか！　付喪神返還人が身元引き受け人やったら間違いないわ！　お嬢さん、バーッと見つけるの手伝ってあげてくださいね！　もし見つからんかったら一緒におってあげてくださいい！」

明るい調子で話す狸に返す言葉が見つからぬまま、愛想笑いでやり過ごしていたその時、本殿の方から和太鼓の音と共に大きな声が聞こえた。

「さぁ、これから酒呑童子秘伝の酒の鏡開きが始まります。余興に出る方は本殿の方にお集まりください」

鞍馬くんの部下であろうスーツ姿の男性たちが案内を始めているようだ。

「ああ、ワシそろそろ行かなあかんわ。じゃあ皆さんまた」

「あとで皆を連れて見に行きますね」

狸は応援してくれる深泥池の大蛇や私たちに頭を下げ、本殿の方に向かっていった。妖怪だらけのお祭りの催しも気にはなるが、それよりも吉祥天という天女様のことが心に引っかかって仕方なかった。お祭り騒ぎの喧騒の中、不自然にならないよう表情を取り繕い雅に尋ねてみる。

「雅が捜してるのは吉祥天って人なの？」

「せやな」

雅は静かに答えた。

「前に、言ってたよね。何百年も夢に出てくるって。後悔してることがあるって」

後悔という言葉を耳にして、雅の瞳に影が落ちる。

「……吉祥天は、福徳を司る神のような天女やってな。俺は随分吉祥天に救われたんや。一緒に長い時間過ごしたんやけどな。守ってやれへんかった」

「何かあったの？」

恐る恐る会話を続けた。深入りして傷つきたくないという思いと、雅が抱えていることを知りたいという思いが交錯する。

「吉祥天には妹の黒闇天ってのがおってな。そいつに騙されて六道の入り口に落とされたんや」

「六道って、輪廻転生する世界のことだっけ？」

「ああ、地獄道、餓鬼道、畜生道、修羅道、人間道、天上道があるんや。そこでいろいろあって吉祥天は六道とは別の道に飛ばされてな。またこの世界に戻ってきてるはずなんや。まだ戻ってきてないかも知れんけどな。その手がかりを見つけるためにも洛中に入る必要があったんや」

「どういうこと？　生まれ変わってるっていうこと？」

「まぁ詳しく話すと長なるんやけど、天女として戻ってきているのは間違いない。俺が変化大明神になったのも吉祥天を助けるためやったんや。今でも覚えてるわ、あれは何百年前になるんかな、雪が降ってる節分の日やった」

まるで吉祥天との思い出が、鮮明なまま残っているかのような口ぶりであった。

「その人に会えたら、雅はどうするの？」

なんでこんなことを口走ってしまったのか、自分でもよくわからなかった。けれども、思わず問いかけてしまった。

心を深く抉るような答えが返ってくるかもしれないと思いながらも、言わずにはいられなかった。

「そやなぁ、渡せへんかったもんを渡す」

「へ？　それだけじゃないでしょ」

「それも目的の一つや」

「じゃあ見つからなかったらどうするの？　見つからなかったら、その……」

心のどこかで、見つからなければいいのにと思っていたのかもしれない。けれども雅にそんなエゴをぶつけるのは違うともわかっていた。

「あんなぁ、狸の言うこと真に受けんとき。狸は適当やねん。深く考えんと適当に調子いいこと言いおる。でも狐はもっと気ぃつけなあかんで、調子いいこと言う時は裏があるからな」

「ちょっと、答えになってないんだけど」

「答えを聞きたくない。そんな顔しとったで。ほな俺らも見に行こか」

いたずらに魔性の笑みを浮かべる雅に、それ以上何も言い出せなかった。調子がいい適当な答えをするのは猫又も一緒じゃんという言葉は、心の中だけに留めることにした。


その後も祭りは大いに盛り上がり、とうとう最後の余興の時間となった。しかし、事件はこの時起きた。

「おい、どういうことだ!!」

本殿の隣に立ったテントから鞍馬くんの怒鳴り声が聞こえる。不穏な雰囲気に周りの妖たちもざわつき始めた。

「今の声って、鞍馬くんだよね」

「せやな、なんかあったんやろか」

心配になりテントの方に様子を見に行くと、激昂した鞍馬くんと土下座させられているさっきの狸の姿があった。

「違うんです、確かに持ってきたんです！　どっかで落としたんかもしれません！」

「この期に及んでまだ言いわけするか、狸の分際で」

「おい、どないしたんや」

雅が仲裁に入ろうと鞍馬くんをなだめるように話しかける。

「この狸が、あろうことか柏の葉を忘れたんだ！」

「変幻するのに忘れたんか？」

「違うんです！　来た時は確かにあったんです！　途中でなくしてしまったみたいで！」

「これだから、狸は……どうせ祭りだとうつつを抜かして忘れたんだろ。トリの出し物なのにどう落とし前つけるつもりだ？」

鞍馬くんは相当怒っているようで、以前愛宕天狗に襲撃された時のように口荒くなっていた。どうしよう、これは無事にトリの余興を行わないと怒りが収まりそうにない。

「あの、どんな葉っぱなんですか？　私も捜してきます」

「柏の葉です。柏餅についているような……」

「わかりました、雅。私ちょっと捜してくる」

「え……？」

捜しに行こうとしたその時、私の着物の袖から、何かがはらりと落ちた。

落ちたのは、柏餅をくるんでいるような柏の葉だった。

「これです！」

狸がバッと柏の葉を拾って大事そうに懐にしまいこんだ。どうして着物の袖口から出てきたのか、全く身に覚えがないが、言いわけする間もなくその場にいた全員からの視線が集まる。鞍馬くんもギロリと私を睨みつけていた。

「紫苑さん、これは一体どういうこと？　確かに着物から出てきたけど」

「私もわからないです！　今初めて葉っぱも見ましたし……」

険悪な雰囲気が漂う。狸も、鞍馬くんも私を睨んでいて、私が柏の葉を盗んだ犯人とでも言いたげな雰囲気だ。けれどもどうしてこんなものが私の着物の袖から出てきたのか全くわからない。雅に助けを求めるが、雅の放った一言は意外なものだった。

「まさか紫苑が犯人やったとはな」

「違う、私じゃないよ」

「そう言うしかないわな。おい狸、輪入道呼んできてくれ」

雅も私を全く信用していないようだった。説明しようが全く信じてもらえそうにない空気だ。

「ちょっと、本当に私じゃないですって！」

「鞍馬の顔に泥を塗るとはな。お前は地獄回転の刑や、輪入道やったって」

「えっちょっと待って！」

輪入道がテントのそばまでやってくると、私は座席に縛りつけられた。地獄回転の刑てなに？　名前からして怖すぎるんだけど、と思っていると、輪入道が高速でゴロゴロと横回転し始めた。まるで宇宙飛行士の訓練のように、椅子に縛りつけられた私はどうすることもできずに、三半規管が正常に機能しなくなるまで回転させられる。もうだめ、吐きそう……。

「あの、もうええんとちゃいますかね？」

狸が庇ってくれる声がかすかに聞こえた気がする。

「そうだな、柏の葉も見つかったんだし止めてやれば……」

鞍馬くんも庇ってくれているようだ。

「あかん、もうちょっとや」

しかし、雅はまだ続けるつもりのようだった。

「よし、もうええやろ」

雅の声に、輪入道の回転が止まった。フラフラして自力で立ち上がれそうにない。超高速コーヒーカップに何時間も乗せられたあとのような感覚だ。雅は私を縛りつけていた縄を解くと、何を思ったのか私の着物の懐にズボッと手を入れた。

「！！！！」

「やっぱりな、お前を動けんくするために紫苑に犠牲になってもらったんや」

雅は着物から手を引き抜いた。すると、そこにはぐったりした様子の細長い小さな鼠のような生き物が摑まれていた。

「犯人はこの管狐や」

朦朧とした意識の中、目を細めて見るとどうやら鼠かと思っていたものは狐だったらしい。どういうことなんだろう。

「管狐がおるてことは、使い手の妖狐がどっかにおるはずや。鞍馬、まさか妖狐招いてるんか？」

「妖狐でっか？」

狸が恐ろしいものの名前を聞いたかのように慄く。

「妖狐なんか招くか。祭りをぶち壊されるだろ」

「ほな勝手に紛れ込んだんか。ほんま人を騙す技術はぴかいちやな」

「そういえば、さっき人にぶつかった時、何かふわっとしたものが腕に触れたような……」

「どんなやつやったか覚えてるか？」

「なんか、おかめのお面をつけた女性だった……それで、その人の頭に触れた時すごく残酷な光景が……」

気持ち悪さを必死で抑えながら、なんとか雅の質問に答える。

「妖狐で間違いなさそうやな。柏の葉を管狐に盗ませて、紫苑の袂から入って隠れとったんやな。紫苑を犯人にするために。ほんまに妖狐は悪趣味やわ。どうせどっかから揉めごとを見て笑っとったんやろな」

「くそっ！　ほんま狐は根性腐っとるわ。狸になんぼ嫌がらせしたら気が済むねん」

狸と狐には因縁があるようで、狸は口悪く毒づいていた。

「紫苑さんすみません、犯人だと疑って……」

鞍馬くんが私に頭を下げた。わかってもらえたからいいんだけど、雅は最初から私が犯人じゃないってわかってて輪入道に乗せたってこと？　それならそこだけは腑に落ちない。

「ほんで、これどうする？　姥火に焼いてもらったら誰か食うかな」

「えっ、食べるって選択肢あるの？」

「管狐食うと妖力が養われるからな、って痛っ!!」

目を覚ました管狐が、窮鼠猫を噛むかのごとく雅の指を噛んでバッと手から抜け出した。そしてそのまま茂みの方に逃げてしまった。

「うわっ、何やねん、逃げおったわ」

「大丈夫？」

雅は苛立った様子で噛まれた手を振っていた。

「とりあえず、柏の葉も見つかったからこれで余興やりきりますわ！　お二人も見てってください！」

「ごめんね、紫苑さん。立てる？」

「ありがとう、でも今立ったら吐くかも……」

「じゃあ、吽にもたれながら見るといいよ、最前列に席作るから」

鞍馬くんは阿吽の虎の吽を寝そべらせた。私は吽にもたれかかって、最後の余興の狸の変化能楽を楽しんだ。狸は頭の上に柏の葉をのせると子供や美女、お爺さんから龍など、さまざまなものに一瞬で変化した。大がかりな手品を見ているようで、物すごい迫力だ。

「やっぱり化けるのは狸、騙すのは狐やな」

「何それ、ことわざ？」

「昔からそう言われてんねん。変化は狸の方が技術が上やけど、人を巧みに騙す技術にかけては妖狐の右に出る者はおらん」

「なんかさっきも似たようなことを言ってた」

「狸なんかは祀られてへんけど、狐はよく神社で祀られてるやろ？　あれもそうや。神に取り入るのが上手かったんやろな。まぁ何にせよ妖狐には注意しなあかん。騙されて痛い目見るんがオチや」

「まぁ、私が犯人じゃないってわかってもらえて良かったよ。輪入道に乗せる前に否定して欲しかったけど」

「すまん。いやな、鞍馬がめっちゃ怒って二人とも感情的になっとったやろ。あの状態やと誤解が解けへんと思てん」

「どういうこと？」

「感情に支配されて、真実が見えんようになってるってことや。だから紫苑には悪いけど犠牲になってもらってん」

そうか、そんな深い考えがあったのか……と一瞬騙されそうになったけれども、私は覚えている。輪入道に乗って地獄回転させられている時に、雅が笑いを堪えたような顔をしていたことを。妖狐のことを悪趣味だの散々言っていたが、猫又も負けていないと思う。そもそも私を騙したこともあるし。

無事、余興は終わり五月満月祭はひとまず幕を閉じた。けれども夜が明けるまで妖たちの宴は続くらしい。

「なんとか無事に終わったよ、体調は大丈夫？　帰りは以津真天が送ってくれることになったから」

鞍馬くんがタクシーを止めるように手を上げると、爬虫類のような鳥のような巨大な妖が空から急降下してきて、私たちの目の前に立った。頭には黒い毛が人間のようにしっかり生えていて、蛇のような長い舌を出している。恐竜とも龍とも違う風貌だ。

「俺も一緒に帰るわ。あーそやそや、落とし物を見て欲しいんやった」

雅は、懐中時計を懐から取り出し、写真を見せた。

「この写真の人物見てくれへんか」

鞍馬くんは写真に目を落とすと、ああなんだという表情を浮かべた。

「これは……僕が見るまでもないじゃん。手がかりがそのまま写ってる」

「えっ、どこや？」

「紫苑さんは気がついた？　まぁ、京都人ならわかるよね」

鞍馬くんに言われ、写真に視線を落とした。お化粧を施した少女とその両親が写真の中で微笑んでいる。男性は白い装束に烏帽子をかぶっていて、女性は橙色の着物、そして黄色い着物姿の少女はうっすら白粉をのせたお化粧で、三人とも伝統的な衣装を纏っている。ここまでは最初に見た時と一緒だ。

「これ、何かお祭りに参加した時の写真ですよね」

「似たような格好してるお祭り見たことない？」

「そういえば、節分祭の中継でも似たような格好をして歩いてた気が……」

節分祭と口にした時、この写真に隠された手がかりに気がついた。

「あっそうか。この家族はきっと参列したんだ。節分祭でも、同じような和装をして参列してる人たちがいたし……でも節分祭は夜でした」

「これは昼間に開かれた祭りだね、場所は……御所かな」

言われてみると、確かに背景は御所のような広大な場所に見える。

「御所で開かれてたなら、時代祭だよ。時代祭に参加した人たちってことだよ」

時代祭は、特定の条件を満たさないと参加ができない。そうか、そこに手がかりがあったのか。

「あとは、付喪神返還人の仕事だね」

そういうと鞍馬くんは懐中時計を私に手渡した。

「ちょっとどういうことやねん。俺がしばらく洛中に入れんかったからって、わからん話やめてや」

「ありがとう、鞍馬くん。あとはこっちで調べられそう」

以津真天の背に乗ると、鳥のような鳴き声を上げ大きな翼を羽ばたかせて空に飛び立った。怪しく満月が照らす空を散歩するように、私と雅は一条戻橋に向かった。一条戻橋に着くと、以津真天は静かに頷き、再び鳴き声を上げて飛び去っていった。見慣れた街並みへと帰ってきた時、さっきまで参加していた五月満月祭が遠い日に見た夢のように感じられた。

第五章　時代祭と付喪神の偽り言

ゴールデンウィークが明けた初日、寝不足のまま大学の講義室に向かうと、同じ講義をとっている莉子が私の姿を見つけ「こっちこっち」と手招きしてくれた。莉子は大学で一番仲がいい友達だ。莉子はだいたいいつも機嫌が良く、今日も朝から元気が溢れていた。そんな莉子は、隣に座るなり私が着ている黒いサマーニットに視線を落とした。

「あれ、紫苑、なんか動物飼ってたっけ？」

「えっ、飼ってないけど」

「でも猫の毛みたいなのが服についてるで？」

慌てて服を見ると、確かに白い猫の毛のようなものが至るところについていた。気がつかなかったけど、これは……雅の毛だ。

　こうなったのも昨晩、雅がうちに泊まったからだ。以津真天に一条戻橋で降ろしてもらうと「酒が回ってきたから泊めろ」と言いだした。雅をうちに泊める、ということに緊張していた私が愚かだった。

雅は我が物顔で寛ぎ出し、夜中にもかかわらず「蕎麦ぼうろ食べたい」だの「蜘蛛がいた」「暇すぎる」だの、私がうとうとするたびに何度も起こしてきた。結局、取り上げた朱雀の羽根で猫に変身させて遊びに付き合っていると、夜が明けていた。

寝不足だったこともあり、服にまで気が回らなかったが、よく見ると猫の毛まみれじゃないか。恥ずかしい。

「なんか今、ちょっと知り合いの猫預かってて」

「えええ！　羨ましい！　家に見にいっていい？」

莉子は目を輝かせていた。けれども猫といっても尻尾が二股に分かれているし、それに厳密に言えば猫じゃなくて猫又だ。なんとなく面倒なことになってしまいそうだから、莉子には申し訳ないけれども断っておいた方があとあと良さそうだ。

「いや、どうだろう。ちょっと調べないといけないこともあるから」

「わかった。じゃあさ、調べ物私も手伝ってあげるから、猫に会わせてや！」

莉子は拝むように両手を合わせてお願いしてきた。好奇心に火がついたら最後、一歩も引かないのが彼女の性格だ。莉子はあらゆることに詳しい。流行りのカフェやスイーツに撮影スポット、ＳＮＳの更新が日課の彼女は、常に自分の感性が刺激される情報にアンテナを張っている。これも人一倍好奇心が旺盛だからだろう。

でも、勝手に莉子を連れていったら雅が怒りそうだな……。あれ、でも確か私が出る時に雅が「今日は行かなあかんとこがある」って言ってたような。どこに用事か詳しくは聞いていないけど、帰宅時には雅はいないはずだ。

「そういえば、猫は今日のお昼に飼い主のところに帰るんだった」

「えー！　それ残念すぎる」

莉子は好奇心の矛先を向けるものがなくなり、少しがっかりした様子だった。よほど猫が好きなんだろう。

「また預かる時莉子に言うね」

「……わかった。じゃあ普通に紫苑の家遊びに行くわ」

「えっ、今日？」

「だって、暇やし。そうや、おすすめのドラマあるから一緒に見よ」

雅が訪ねてきたら厄介だけど、まあちょっとくらいなら大丈夫か。

私は莉子を家に招くことにした。

＊

「ちょっとここで待ってて」

恐る恐る鍵（かぎ）を開け、念のため確認すると雅の姿はなく、私が大学に行っている間に出ていったようだった。出る時に一応鍵を渡しておいて良かった、と思いながら再び玄関の扉を開け、莉子を出迎えた。

「今、おばあちゃんいはらへんのやっけ。一人暮らしかぁ」

「そうそう。まだ全然慣れてなくて」

「いいなぁ、私も一人暮らししたい。けど絶対親が許してくれへんし」

莉子の実家は先斗町（ぽんとちょう）にお店を構える茶懐石（ちゃかいせき）の老舗（しにせ）だ。茶懐石とは、元々茶事で振舞われる食事のことで、空腹時に濃茶を飲むと胃が荒れてしまうからと、お茶と一緒に楽しむためのものだったらしいが、最近ではお酒と共に楽しむ懐石料理としても親しまれているようだ。

「洗面所どこやっけ？」

「廊下（ろうか）の右側にあるよ」

「了解、手だけ洗わせて」

そう言って莉子は廊下に出て洗面所に向かったが、急に悲鳴が聞こえた。

「キャ！」

「どうしたの？　大丈夫？」

急いで洗面所に駆（か）けつけると、目の前で起こった出来事に卒倒しそうになった。

外出していると思っていた雅が、何とそこにいるではないか。しかも風呂上がりであろうタオルを腰に巻いた半裸姿で。

「雅、えっ？」

「ああ、紫苑帰ってきたんか。この子誰や」

雅は、この家の主であるかのような口ぶりで私に問いかけた。莉子は驚きのあまり、硬直状態だ。どうしよう、まさか雅がいるとは、しかもお風呂上がりの姿で。なんて説明したらいいんだろうか。表情が固まったまま、莉子が私の方を向く。状況説明を求めているのだろう。

「えっと、彼は……ああ、猫の飼い主の知り合い、いや親戚で……」

雅をチラッと見て、目で話を合わせて欲しいと合図を送る。が、雅には全然通じていないようだった。

「え？　この子親戚なんか？　どうも、雅です」

「あ、莉子と申します。えっとお二人は親戚ですか？」

「いや、俺の親戚はもうみんなこの世におらんわ。紫苑はあれや、期間限定の恋人でー」

「あああ、ちょっと待って」

「期間限定の……恋人ってどういうこと？」

話を遮ろうとしたけれども、莉子の目に光が宿っているのがわかった。聞き慣れないパワーワードを耳にして、好奇心に目がさんさんと輝いている。これは、もう親戚だと誤魔化せない雰囲気だ。

＊

「へぇ、じゃあ二人は同棲してはるんですか？」

「いや、そういうわけじゃなくて、恋人といっても知り合ったばっかりだし……」

「期間限定って何なん？」

「それはな、そういう契約なんや」

居間のちゃぶ台を囲み、私と雅は記者から取材を受けているかのように、莉子からの質問攻めにあった。雅が中途半端に真実を入れて話したことで、ややこしい状況に拍車がかかっている。ここからどう切り返せばいいのか私もわからない。しかし莉子は、期間限定の恋人、という単語をなぜか肯定的に受け入れているようで、怪訝な表情をすることはなかった。むしろ好奇心に満ちた視線をこちらに送っているではないか。

「はぁー、まさか紫苑にこんなイケメンの彼氏がいたとは。しかも期間限定の恋人って、なんか契約結婚もののファンタジーみたいやん」

「いやいや、そんなロマンチックなものではないんだけど」

雅は、落とし物のことや自身が妖であること、六条御息所の元で契約を結んだことなどは語らず、あくまでお互いが望んだ新しい恋の形としての期間限定の恋人である、というような内容の話をした。こういう話をするなら事前に打ち合わせをしてくれないと、すぐにボロが出そうだ。

このまま話していてもどちらかからボロが出そうなので、私は雅を外に出そうとそれとなく誘導してみることにした。

「雅、今日は出かける予定があるって言ってなかった？」

「ああ、それは朝行ってきたんや。ほんでさっき戻ってきたんやけど、日中暑かったやんか、それで風呂入っててん」

しかし雅は、私の意図を察してくれない。莉子の目の輝きがどんどん増していく。

「ああ、今の会話、なんか同棲したてって感じでめっちゃいい！」

このあと三人でオススメのドラマを見るのも何だか気まずいし、早く解散する流れに持っていった方が良さそうだ。そう思った時だった。

「ねぇ、今日の夜みんなでご飯食べへん？」

さらに目を輝かせた莉子が、思わぬ提案をしてきた。

「熱いからこそ逆に白味噌入れたもつ鍋とかもええな」

なぜか雅は莉子の提案に乗っかり出した。私は再び雅に目配せする。

「ほら、でも調べ物しないといけないからさ、時代祭のさ」

「ああ、そやったな。ほな、鍋はまた今度にするか」

「大丈夫、私が調べ物に付き合うからさ！　パパッとやってしまおう。ほら、私調べるん得意やし」

「え、でもちょっと専門的なことだし……」

「大丈夫、二人より三人で探した方が絶対早いやん、こういうのは」

折れない莉子と空気を読んでくれない雅。どう切り抜けようかと考えていると、雅が急に耳元で囁き出した。

「落とし物のことは言わんと、この店に届いた物ってことにしとけば大丈夫や。懐中時計持ってきてや」

耳に雅の温かな息がかかる。至近距離で聞く吐息交じりの声に、思わずドキッとしてしまう自分がいた。

「わ、わかった」

私は一階に下りて、店内の机にしまっていた懐中時計を取り出し、再び二階へと戻った。落とし物を他人に見せて良いのだろうか。でも雅が大丈夫と言ってるからきっと大丈夫なのだろう。

「へぇ、なんか雰囲気あるね、この時計。これの何を調べたらいいん?」

ちゃぶ台に懐中時計を置くと、莉子はまじまじと観察し出した。

「ああ、えっとね。中に写真が入ってるんだけどさ。この写真」

懐中時計を開いて、莉子に写真を見せた。

「なんかお祭りの写真?　随分昔やね」

「この懐中時計の持ち主を特定するのにね、この写真しかなくて」

「今の骨董屋さんって探偵みたいなこともするんや、面白そう」

莉子は疑う様子もなく、さらに目を丸くして興味津々という様子だ。

「今わかってるんは、この写真が時代祭の時に撮影されたってことや。で、こっからどうやって調べるつもりなんや?」

「これ、両親と女の子がそれぞれ違う服装をしてるでしょ。まずこれが、何の服を着ているのかを調べようと思ってる」

「どういうことや?」

「時代祭もだけど、こういう伝統行事に参列できる権利は、自治会が持ってることが多いの。時代祭は延暦時代から明治維新時代までのいろんな時代ごとの行列で歩くでしょ?　何時代の服装をしているかによってどこの行列に参加しているかを特定できるの」

鞍馬(くらま)くんが写真に手がかりがあると言っていたのは、おそらくこういうことだ。服装から、どこの地域に住んでいたのかが判別できるので、まずはそれを手がかりに絞(しぼ)り込んでいくことができるということを言っていたのだろう。

「なるほど、つまり衣装が何時代かを調べたら、この家族が住んでいた地域がわかるってことかぁ！　じゃあ早速調べよっか。私はこの男性を調べるから、紫苑は女性と女の子をお願い」

莉子は早速、時代祭のことをネットで調べ出した。私も観覧者のブログや、公式サイト、時代祭の衣装が特定できる情報を検索してみる。するといくつかの手がかりが浮かび上がってきた。

「はぁ、疲れたね。でも手がかりは結構摑(つか)めたなぁ」

「うん、ネットだけでも何とかなるもんなんだね。平安神宮(へいあんじんぐう)にさ、時代祭の資料館があるみたいだから足りなかったら今度行ってみるよ」

「で、何がわかったんや？」

文字が読めないこともあり、暇を持て余して横になっていた雅が、よっこらせ、と起き上がる。

「ああ、えっとね、おそらく女性と女の子が参列してたのは、城南流鏑馬列(じょうなんやぶさめれつ)だと思う。騎射に因んだ鎌倉時代の行列みたいだね。莉子の方はどう?」

「白装束の男性は、神饌講社列みたい。神饌物を奉献するための列で、特に何かの時代を表しているわけちゃうみたい」

「それで、どこに住んでるんかわかったんか?」

せっかちな雅が、早く教えろとせっついてきた。

「うーんそれがね、結構範囲が広くて。城南流鏑馬列は中京区と下京区の町内の担当みたいなんだけど、そこまでしかわからなかったんだよね。何年に撮影した写真かがわかれば、特定できるかもしれないけど……」

どうやら参列するにも順番があるようで、同じ町内でも何年、もしくは何十年に一回しか参列できる機会が回ってこないようであった。

手がかりを摑めるかと思ったが、現実はそう簡単にはいかないようだ。

「ほなら、持ち主にはまだまだ返せそうにないな」

その地域に行って地道に聞き込みするしかないのか、鞍馬くんにまた見てもらうべきなのか、落とし物の記憶が戻るのを期待するか、見えていたはずの一寸の光明はまた雲に隠れてしまった。しかし、莉子の一声で再び雲から光が差す。

「あのさ。私、手がかり見つけたかもしれん」

「えっ?」

莉子は得意げな笑みを浮かべていた。

「この男性が参列しているのは、神饌講社列って言ったやん。この列は住んでる地域とは関係ない集まりなんやって」

住んでいる地域と関係ない集まり？　どういうことだろう。地域が関係ないんだったら、特定するのがさらに難しそうだけれども、莉子は何を見つけたというのだろう。

「どういうこと？　住んでる地域がバラバラなら余計に見つけるの難しくない？」

「住んでる地域は関係ないけど、ある共通点があるみたいなんよね」

莉子は探偵ドラマの謎解きのように、不敵な笑みを浮かべながらもったいぶって話し出した。ＣＭに入る前のような引きを作り、いつもよりも心なしかゆっくりとした語り口調だ。莉子は、私と雅の視線を充分に集めたあと、軽く咳払いをし、鼻から大きく息を吸うと目を見開いて語り出した。

「神饌講社列の参列者は、料理人。それも京都料理組合の組員から奉仕されているんやって。つまり、彼らは中京区か下京区に在住で、父親が京都料理組合に加入している家庭ってことが読めた」

そこまでいうと、莉子は口をつぐんで黙り込んだ。これはおそらく私と雅のリアクション待ちだ。私はひとまず拍手を送ると、莉子はさらに得意げな笑みを浮かべた。莉子の見つけた手がかりのおかげで、暗中に迷い込みそうだった落とし物返還に、希望が見つかったのは確かだ。

「ありがとう、莉子。じゃあこの京都料理組合について調べたら新しい手がかりが見つかりそうだね」

「そうなんやけど、実は朗報がもう一つあるねん」

莉子は、再び探偵のように焦らしながら語り出す。

「京都料理組合は、二百七十五年前に結成された魚鳥講っていう組織が発端とされている、老舗で構成されている組合なんやけど、なんと……私の実家の茶懐石も組合に加入しています」

少しの沈黙のあと、先に口火を切ったのは雅だった。

「ほんまか？」

「ほんまです」

二人は試合に勝った球児のように、手を振り上げながら盛り上がっていた。私は一歩出遅れてしまったので、円陣に参加し損ねて一歩外で跳ねる部員のようになってしまった。

今日、たまたま莉子が訪ねてきてくれて良かった。これで、落とし物の持ち主に辿り着けるかもしれない。父親が纏った白装束に大きな手がかりが隠されていたようだ。

「じゃあ鍋だけど、うちでやることにする?」

莉子の提案に乗っかり、私たちは先斗町にある莉子の実家に向かうことにした。鴨川に架かる三条大橋を渡った時に見上げた夕暮れの空は、まるで薄い紫と橙の絵の具を筆で伸ばして描かれた水彩画のように美しく、戯れるように飛ぶちどりたちと相まって、完成された絵のように思えた。

*

夜の先斗町は昼間より賑わいを見せていた。鴨川ちどりの画が描かれた提灯が軒先に灯っていて、いつ行ってもお祭りのような雰囲気がある。町家の暖簾がかけられた格子戸の奥から、ほんのりと室内の明かりが漏れているが、外からは室内の様子は一切わからない。いかにも「一見さんお断り」の雰囲気が漂うお店が、莉子の父親が営む茶懐石だ。莉子の実家は、その茶懐石店から少し南に下った五条通のあたりにあるのだが、茶懐石店が醸し出していた古き良き和風の雰囲気とは対象的に、ダークカラーの外壁ですっきりとした印象のシンプルモダンな一軒家だ。玄関を開けると、莉子の母親が出迎えてくれた。

「あら、莉子。今日はお友達も一緒なんやね。こんばんは」

「うん、ちょっと鍋やろうと思って。『亀八』みたいな白味噌のもつ鍋再現しようって」

「こんばんは。大学で仲良くさせてもらってる奥田紫苑です。突然お邪魔してすみません」

莉子のお母さんに会うのは初めてだが、陽気な莉子の母親とは思えないほどきっちりとした雰囲気がある。お母さんは着物姿で、お店の方に出るのか、せわしなそうであったが、ふと雅に目を留め、驚いたように目を丸くした。

「あの、そちらは……」

「こんにちは、紫苑の恋人の雅と申します」

雅は得意の魔性の笑みを浮かべた。思わず莉子のお母さんの顔が綻んでいるのがわかった。

「莉子がお世話になっております。大学のお友達？」

「はい、同じ学校に通っています」

雅はどうやら学生設定らしい。

「そうですか。もしアルバイト探してる時はうちに連絡してきてね」

「ちょっとお母さん！」

「いやほら、今うち、男の人すくないやろ。だからどうかなと思って……」

弁明しているものの、莉子のお母さんも雅の魔性の笑みにやられてしまったらしい。雅の美貌には特殊な引力があるのはよくわかる。

「ああ、そうだった。お母さんに聞きたいことあったんやった。紫苑、写真見せてくれへん？」

「はい、どうぞ」

懐中時計を肩掛けバッグから出して、莉子に手渡す。懐中時計を開き、莉子はお母さんに写真を見せた。

「この人、知り合いやったりする？」

「どうやろ随分古いみたいやけど」

莉子のお母さんは、眼鏡を取り出してまじまじと懐中時計を覗き込んだ。

「なんか京都料理組合の人みたいなんよね」

「組合の……？」

お母さんは目を細めながら写真をじっと見た。すると何か思い出したのか小さく声を上げた。

「ああ？　服部さんちゃう？　ほら」

「服部さん？」

「錦らへんにある菊一さんってお店やってはるわ。今でも現役のはずえ」

莉子は、こちらに目配せをし、やったねというように小刻みに頷いた。お母さんの顔見知りらしく、思ったよりも早く手がかりに辿り着けた。

「あの、この方のことで他にご存知のこと、なんでもいいので教えていただけませんか？」

「この人を捜していまして、なんでもええんで」

雅も優しく微笑んだ。お母さんは思わず溢れた笑みに照れながら語り出した。

「ええ、私もしばらく会ってへんから人づてに聞いた話やけど、確か菊一さんはこれまで、いろいろ苦労してはってね」

「なんかあったんですか？　産地偽装とかですか？」

「いや、偽装とかではないんやけど、ほら料亭って代々子供が継いでいくお家が多いやろ。けどここの娘さん、なんか駆け落ちしはったみたいでね。随分前の話になるけど」

駆け落ちしてしまったということは、跡取りがいなくて、苦戦しているということだろうか。それにしてもこんなプライベートな話を知っているなんて、狭い世界ということなのだろうか。

「で、跡取りもいはらへんから自分で切り盛りしてはるんやわ。お弟子さんはいはるやろけどねぇ、結構頑固な人やし……それで、服部さんがどないしたん？」

「この時計の持ち主を捜していまして、この写真が手がかりやったんです」

「あら、そう。じゃあお店に行ってみはったら。頑固な人やけど、悪い人ではないし」

お母さんはそう言うとお店の名前を紙に書いて渡してくれた。「あとアルバイトしたい時はここに電話してくださいね」と和紙で作られた自分のお店の名刺も添えられていた。

*

次の日、私と雅は錦市場に来た。錦市場は左右に京野菜や魚屋、惣菜屋さんなどいろんな商店が立ち並んでいて、美味しそうな匂いが混ざり合っていた。

雅は周りをキョロキョロと見回し、店先で串に刺さった出汁巻きや、タコの惣菜を食べている人たちに目を奪われている。

「あれも美味しそやし、あっちもええな。せや、あれにしよ！」

雅が指さした先には、「麩房老舗」という木目の大きな看板があった。香ばしい匂いにつられ、私たちはそこで生麩田楽を購入して店先のベンチで食べることにした。生麩は表面がカリカリに焼かれるが、中はもっちりしていてほのかに甘い。生麩の素朴な甘みと表面にたっぷり塗られた田楽味噌が合わさって、惣菜だがおやつのような味だ。生麩はお餅よりも軽いので、小腹を満たすのにちょうどいい。

「なんや今回はすぐに終わりそうやな」

むちむちの生麩を食べながら雅は呟いた。確かに、時代祭の格好だとわかってからは早かった。これを写真の男性に返せばもうおしまいだ。私たちは錦小路通と室町通が交わるところからすぐそばにある料亭に着いた。ひっそりと菊一と看板が出ている。

「これ、お店やってるんやろか？」

まだお昼時だから営業していないかもしれない。

「ごめんください」

お店の外から何度も呼ぶが、反応がない。そのまましばらく待っていると、格子戸がガラガラと開き、海老芋と書かれたダンボールを運ぶ男性が出てきた。二十代ほどの、少しむすっとした気難しそうな男性だ。見習いさんか何かだろうか。男性は店前にいるこちらに目をやった。

「どちらさんですか？」

「あの、ここに服部さんて方はいらっしゃいますか？」

「服部はうちの大将ですけど、おたくはどちらさんです？」

「奥田という一条で骨董品屋を営んでいるものなんですけれども、服部さんにお返しするものがございまして寄せてもらいました」

「左様ですか、ちょっとお待ちください」

男性はダンボールを物置に運ぶと、再びお店の中に入った。中から会話が聞こえてくる。

「大将、お客さんです」

「どちらさんや？」

「なんや奥田さんいう一条の骨董品屋の方らしいです」

「はぁ？　誰やそれ」

大将も気難しい性格なのか、ぶっきらぼうに答えている。しばらくすると、想像していた通りの頑固そうな男性がお店から出てきた。七十代くらいだろうか、板前さんの格好をした、眉間にシワがくっきり入った男性だ。

「お待たせしました、うちに何用です？」

明らかに不機嫌でものすごく話しにくい。雅も早く終わらせてしまおうと思ったのか、さっと懐中時計を出した。

「こちらの時計をお返しに来ました」

「時計？」

服部さんは、怪訝な様子で懐中時計を受け取ったが、それが何か気づいたのか、さらに表情を強ばらせた。

「これ、どないしはったんですか？」

「えっと、これは拾った方が持ち主に届けて欲しいと言われまして……」

「拾った方？　その人は、どんな方でした？」

「普通のおっちゃんでしたわ。北九州から来てこっちでタクシー会社に入ったて言うてはったかなぁ。山科に住んではるらしいです」

雅は流れるように嘘をついた。ところどころ織り交ぜている設定のせいで、あたかも本当のことを話しているように聞こえる。

「北九州から？　そんな知り合いおらんけどなぁ……」

服部さんは雅の巧妙な嘘を信じているようであった。けれども別のことが引っかかっているのか、懐中時計をじっと見つめて、ため息交じりに呟いた。

「……これは大昔に失くしたもんですわ。それが骨董品屋にねぇ」

「中に写真が入ってるんやけど、それ確認してもろていいです？　それでほんまにおっちゃんのやったら、うちらもう帰りますんで」

服部さんは不審そうに私たちを見ながら懐中時計の蓋を開けると、なぜか黙り込んでしまった。まるで懐中時計の写真に魅入(みい)られたように写真をじっと見つめる表情は、どこかもの哀しそうに思えた。

「ええ……これは私のものでした」

服部さんは思わずため息を漏らした。その言葉がどんな意味を持つのかわからなかったが、蓋の内側にしまわれた写真に、何か深い思いを抱いているように感じられた。

「ほな、おっちゃんのものを無事届けたってことで!」

雅は、一件落着というように両手をパンと合わせるとその場を立ち去ろうとした。

「あのっ」

しかし服部さんが私たちを呼び止める。何か言い残したことがあるんだろうか。

「……いや、ええわ。あんたらに聞いてもしょうがないし、おおきに」

そう独り言のように呟くと、再びお店の中に入っていった。

今まで落とし物を返した時は、持ち主が憂(うれ)う表情で涙を流したり、喜んだりと何かと感情を露わにしていたが、服部さんにはあっけなく返し終わってしまった。けれどもなんとも思っていないわけではなく、何かしらの感情を押し殺しているようにも見えた。一体あの懐中時計に何があったのだろう。そういえば莉子のお母さんは、娘さんが駆け落ちしたと言っていたけれども、その娘を懐かしんでいたのだろうか。疑問がいろいろと浮かび上がる。

「なんか、今日のおっちゃんは頑固やったなぁ。もっと感謝されてもええと思うんやけど」

居間の畳の上に寝転がったまま、バリバリと音を立てて蕎麦ぼうろを食べながら雅が呟いた。相変わらず我が家のようにくつろいでいる。この光景も見慣れたものだ。それにしても、雅も同じことを考えていたとは。

「私もそう思ってたんだよね。あと蕎麦ぼうろのカス、ちゃんと掃除してね」

「はー！　あとで箒の付喪神呼ぶがな」

「妖の溜まり場にしないでよ！　掃除機でやって！」

不完全燃焼ではあるものの、落とし物を返し終えたという安堵感もあり、正直気が抜けていた。まさかあんなことが起きるとは、思ってもみなかったのだ。

翌日の朝、事件は起きた。

「何これ？　ちょっと雅」

急いで二階への階段を上がり、また家に帰るのを渋って泊まっていた雅を叩き起こす。雅はすごい力で布団の端を持って抵抗した。

「なんやねん、蕎麦ぼうろのカスはあとでやるって」

「それは早くやって。ちょっとこれ見て！」

なんと、昨日返したはずの懐中時計がまた家の前に落ちていたのだ。

「なんや、また懐中時計の落とし物か？」

「別のやつじゃなくて、これ昨日返したやつなの！　それが戻ってきちゃった！」

蓋を開けて確認するが、中に時代祭の写真がある。返したはずの懐中時計が、なぜまた戻ってきたのだろう。確かに服部さんは、これは私のものですと言っていたし、この写真の男性は服部さんなんだから嘘をついているわけでもない。

「うーん、もしかしたらあれかもしれんな、返す人を間違うた」

「でも服部さん、昨日、これ私のものでしたって言ってたよね」

「それが嘘やったんか、それか違ったんか。もっかい懐中時計に聞いてみるか」

雅は布団から出ず、寝転んだままごそごそと朱雀の羽根を取り出した。羽根で懐中時計を撫でると、再び妖姿の不思議な生き物が現れたのだが、しくしくと泣いているようだった。

「ごめんね、急に。昨日の人が持ち主じゃなかったの？」

「僕が会いたい持ち主はあの人じゃないです」

「でも男性なんだよね？　あの写真のお母さんでも女の子でもなく」

「ううっ、はい……」

気を落として泣いている懐中時計。持ち主が服部さんでなければ誰に返せばいいんだろう。簡単に終わったと思ったのに、また振り出しに戻ったのかもしれない。

「そいえば昨日、あのおっちゃん失くしたて言ってへんかった？　もしかして盗まれたもんなんかもな」

雅が再び布団を頭まで被りながら話す。確かに、昨日、服部さんは失くしたものだと言っていた。だとすれば、盗んだ犯人に返して欲しいということだろうか。また話すと思うと緊張するが、菊一に行って何があったのか調べないといけなさそうだ。

その日の夕方、賑わう錦市場を抜けて菊一を訪れた。しかし、営業時間までまもなくだというのに、お店の中は灯りがついていないようだった。

「こんにちは、誰かいてはるか？」

雅が声を張り上げて、お店の格子戸をトントンと叩いた。しかし、応答がない。誰もいないようだ。調べてみると、今日は定休日らしい。懐中時計が戻ってきたことに動揺して気が回らなかったが、来る前に調べておくんだった。

「今日はお休みみたいだから、また今度来よ」

諦めて帰ろうとした時、お店の前に黒い自転車が止まった。

「うちになんかご用ですか？」

顔を上げると、昨日、服部さんを呼んでくれた菊一の見習いさんらしき男性だった。向こうも私たちのことを覚えていたようで、顔を見た瞬間、目を丸くした。

「菊一さんの方ですよね、実は服部さんとお話ししたいことがあって……」

男性は口籠もったまま、私たちを見定めるようにジロジロ見た。まるで何かを言うのを躊躇っているように、話し出そうとしては唇を閉じてを繰り返し、そわそわしている様子だった。そして重たい口をようやく開いた。

「あの、大将になんの用で来はったんですか？」

「大将にこの懐中時計に関する話を聞きに来たんですわ」

雅が懐中時計を取り出すと、男性の視線がその一点に注がれた。

少しバツの悪そうな表情を浮かべ、ゆっくりと口を開いた。

「ここやとあれなんで、茶でもしばきませんか」

男性も、この懐中時計に何か思い入れでもあるのか、意を決したように静かに呟いた。

私たちは錦市場から少し歩いた御幸町通にある小さなカフェに入った。カフェはガレージのような入り口をくぐった奥にあり、北欧風の建物に入ると天井一杯にドライフラワーが飾られていた。アンティーク家具と相まって京都ではないどこか特別な空間に来たようなお店だ。そういえば莉子が来たいと言っていて写真を見せてくれたことがある。

「すいませんね、ここやと錦の人もおらんやろし。あと申し遅れました。服部のとこで働いている山本脩一と申します」

確かに周りは、ドライフラワーの写真を撮っている女性が多く、錦市場の人が普段使いするような雰囲気ではない。わざわざこんなところまで連れてきたということは、何か込み入った話でもあるのだろうか。

「昨日、懐中時計を大将に渡してましたよね。大将とは長い付き合いなんですか？」

「いや全然。昨日初めて会ったばっかりですわ」

「単刀直入にお聞きしますが、その時計、どこで入手されたんでしょうか？　盗まれたものって聞きましたが」

山本さんは、コーヒーカップに口を運びながら睨むように私たちを見た。

「だから山科に住んではる、司馬遼太郎好きの北九州出身のおっちゃんがやな！」

雅がさらなる嘘を盛り込んできたので、私は止めに入ることにした。

「ええっと、個人情報はお話しできないんですけど、回り回ってうちに来たようです……服部さんのお顔を知ってる方が知り合いにいて、持ち主が服部さんだとわかって届けたんです」

雅とは違い、絶妙に嘘はついていない説明ができたかもしれない。

「その時計、僕に譲（ゆず）ってもらえないでしょうか」

山本さんは、静かに大きな息を吐いてから、決意の宿ったはっきりとした口調でそう言い切った。さっきからそわそわとしていたのは、浮かんでいたその一言をなかなか言い出せなかったからだろうか。けれども山本さんの決意がどうであれ、持ち主以外に落とし物を渡すことはできない。

「それはちょっと難しくて、持ち主にお返しすることになっているので」

やんわりと断り文句を述べたが、山本さんは揺（ゆ）るぎない目でこちらを見つめ、はっきりとこう言った。

「……実は、その時計の持ち主は僕なんです」

彼の口から矢のように飛び出した言葉は、とても嘘を言っているようには思えない、真っ直ぐなものだった。持ち主が、実は服部さんじゃなくて山本さんだとは、一切想像していなかった事態だ。

「いや、そんなん後出しやで、もっと上手いこと嘘つきよし」

張り詰めた雰囲気を雅が茶化すように笑いかけたが、山本さんは濁りない眼差しを向け続けた。

「どういうことでしょうか？　これは服部さんが自分のものだって……」

「その時計は……母の形見なんです。今日僕が店に寄ったんも、時計を捜すためでした」

「でも、写真には確かに服部さんが……」

「ここに写っているのが、僕の母です」

山本さんは真ん中に写っているおしろいを塗った少女を指さした。

衝撃的な告白に、私と雅は思わず顔を見合わせずにはいられなかった。

「ってことは……山本さんは服部さんのお孫さんってことですか？」

「ええ。けれども服部はそのことを知りません。知られてはいけないのです」

山本さんの目には、怒りが宿っているように思えた。雅も同じことを感じ取っているようだった。

山本さんは、静かにこの時計にまつわる悲しい過去を語り出した。

「母は、一人娘として服部家に産まれました。息子がいなかった服部は、他所から老舗である菊一の看板を背負っていけるような料理人を婿に迎えて代々伝統を守っていく、ということを当然、考えていたようです」

今でもそういった慣習を守る家はあるかもしれない。おそらく昔は、家のためという大義名分はもっと絶対的だったのだろう。

「時代が時代なので、そういった家も多かったのかもしれません。けれどもそれは母の望んだ人生ではなかった。母は大学生の時に、他の男性との結婚を考えていたようでした」

「軽く知り合いから聞いたで。駆け落ちしはったんやろ？」

雅が山本さんの話の核心に早く辿り着こうと、本題に触れた。すると山本さんはこくんと頷き、懐中時計に目を落としながら呟いた。

「服部は母と僕を見捨てたんです……」

「なんや、意趣(いしゅ)でも晴らしたいような口ぶりやな。何があったんや」

「僕の父は、和歌山から出てきて京都の大学に通っていた時に母と出会ったようです。今になってわかるのですが……父は良く言えば志が高い、けれども悪く言えば理想と現実との落差に折り合いがつけられない退廃的な人だったと思います。元々文学が好きで、純文学作家として大成することが夢だったようです」

「俗世(ぞくせ)に生きながら、俗世が受け入れられへんみたいなことか」

「はい。父は時間の融通(ゆうずう)が利く清掃業をしながら、執筆を続けていました。母も働きに出ていましたが、僕たち家族の生活は決して楽なものではありませんでした。働くために眠り、働くために食べる、いくら高い志を掲げていても俗世間を這うような毎日でした。理想と現実が乖離していたのでしょう、その落差を埋めるかのように父は酒におぼれるようになりました。そこからです、父がおかしくなったのは」

忘れ去りたい辛い記憶の蓋を、ゆっくりこじ開けながら話しているのだろう。黙り込んだまま少し大きな呼吸を繰り返し、なんとか落ち着きを維持しようとしているように見えた。

「父は、次第に仕事を休むようになりました。酷い時は家で一日中酒を浴びて暴れ……次第に母一人で、朝から夜中まで働くようになりました」

「そのまま、母は過労が祟り、早くに亡くなってしまいました。父は、母が死んでから家に寄りつかなくなり、失踪してしまいました」

「……そんな辛いことがあったんですね」

どう声をかければいいのかわからないまま、私は山本さんの辛い過去の話を受け止めることしかできなかった。おそらくずっと溜め込んできたのだろう、コーヒーカップを持つ手がかすかに震えていた。

「話の大筋はわかったけど、それがこの時計とどう関係してるんや？」

雅は、こんな時いつも私より冷静だ。いい意味で言えば流されにくい、悪い意味で言えば冷たい。それが頼りになる時もあれば、酷薄に思える時もある。

「母が亡くなる前に、よくこの時計を見せてくれたんです。いい話ではないですけど、母は駆け落ちした際に、実家からお金になりそうな貴金属を持ち去ったようなんです。けれどもこの懐中時計だけは、売らずに手元に残していたようです」

その時、懐中時計を撫でた時のことを思い出した。そうか、この懐中時計を見ていたのは、山本さんのお母さんで……流れ込んできた喪失感のような感情から察するに、彼女は結婚を認めてもらえなかったとはいえ、自分がしてしまったことに対して後悔の念を抱いていたのかもしれない。

「それで、時計を母親から譲り受けたってことか。けど腑に落ちひんな。駆け落ちしたのは母親やろ？　なんで服部さんを憎む必要があるんや？」

「服部は……母の葬式にも来ませんでした。一度も手を差し伸べることなく僕たちを見捨てたんです」

今まで何度も頭の中に浮かんでいた台詞なのだろうか。山本さんは言い淀むことなくはっきりと吐き捨てるように言った。

「ふーん、それで身分を隠して菊一に潜り込んだってわけやな、復讐のために」

雅の言葉に山本さんは思わず顔を上げた。

「図星ってとこやな。俺はな、人の悪意には敏感やねん。あんたからはプンプンしてるわ。いかにも妖につけ込まれそうな陰湿な匂いが……」

挑発するように嫌味ったらしい言葉を並べる雅だったが、私にはあることが引っかかっていた。

それは、時計を渡した時の服部さんの少し寂しそうな顔だ。それともう一つ、お葬式に行くのも拒否するくらい娘に対して怒りを覚えていたなら、そんな顔をするだろうか？　けれどもそれを根拠に、山本さんに反論するのは弱すぎる。

「あの僕、そろそろ時間やし帰ります。店にチャリ置きっ放しなんで」

私は、時計をとりあえず山本さんに渡して去っていいのか、自分の中で結論が出ずにもやもやしていた。正直、お節介だし、ただの綺麗事でしかない。けれども服部さんの悲しそうな表情、そして懐中時計と記憶共鳴した時の、服部さんの娘のあの切ない気持ちから、親子の間に確執があったとはいえ、憎しみ合っているようには思えなかった。山本さんの、服部さんに対する怒りも、辛い経験があったことは確かだろうけれども、お互い何も打ち明けてない状態だからこそ、歪みがより深くなっているのではないかと思ってしまう。

「ええですよ、ついてこんでも」

山本さんは店に戻る道中、ボソッと呟いた。

「せやで。もう時計は渡したんやし、俺らは帰ろうや」

雅もつれない素振りで帰宅を急かしてきた。

「うん、ちょっとお見送りだけ……」

山本さんをどう説得すればいいのか、考えが浮かばないまま菊一の前まで来たその時だった。誰もいないはずの菊一の格子戸ががらりと音を立てて開き、驚いたような表情の服部さんが立っていた。

服部さんはこちらを見て驚いたが、次の瞬間、山本さんが懐中時計を持っていることに気がつき、全身の毛を逆立てるかのように怒りに身を震わせた。

「おい、時計が見当たらへんから捜しに来てみたら……なんでお前が持っとるんや」

「……それは」

「お前、人のものに手出ししたんか?」

服部さんはカッとなり山本さんの胸ぐらを摑んだ。山本さんも負けじと服部さんを睨みつける。

「……」

沈黙した睨み合いのあと、山本さんは胸ぐらを摑まれたまま顔を反らし、懐中時計を握る手に力を込めた。

「まぁええ、中入れ。おたくらもなんで一緒なんですか？」

「服部さん、これにはわけがあってですね……。山本さん、もう全て話して向き合いましょう！」

　思い切って張り上げた声を聞いて、山本さんは小さなため息をついた。そのため息には、さまざまな億劫さや期待や不安が入り交じっているように思えた。

　菊一の二階の小さな和室に上がると、格子窓から西陽が差し込み、畳に模様のような影を落としていた。川の絵が繊細に描かれた掛け軸とそばに置かれた花瓶台。菊一が守ってきた伝統が体現されたような一室であった。出された座布団の上に座ったものの、誰も話し出すことなく沈黙が流れる。雅に至っては、なんでこんなことになったんやとでも言いたげに不満そうな顔で胡座をかき、そわそわと膝を揺らしていた。重い空気しか流れていないが、まずは私たちが山本さんといたことから説明しようと恐る恐る口火を切った。

「あの、昨日、服部さんにお渡しした時計なのですが、私たちの手違いで現在の持ち主は山本さんだったことがわかりまして……それで山本さんとお話ししていました」

　斜め前に座った服部さんがギロッと睨む。

「はい？　山本の？　どういうことですか。写真見てもろてわかるように、私のものですが」

「そうですね、ちょっと言い方が良くなかったかもしれません。その時計は……服部さんのものでもあり山本さんのものでもあった、ということです」

「どういうことや、山本」

　怖気づいている山本さんの肩にそっと手を置いた。

「山本さん、全部話してください」

　山本さんは小刻みに肩を震わせながらしばらく黙っていたが、決心がついたのか服部さんに顔を向けた。怒り、というよりも悲しみが籠ったような表情に思えた。

「この時計は……母から譲り受けたものでした」

「は？　どういうことや」

「僕の母は……あなたの娘の……服部恵美です!!」

　山本さんの口からこぼれ落ちた言葉が、緊迫した空気を切り裂いて服部さんの耳に突き刺さったように思えた。予期しない一言に、頭が真っ白になるほどの衝撃を受けたのだろう。服部さんは黙ったまま、目を見開いて硬直した。

「ちょっと待て……いきなり話が飛びすぎて、どういうことかわからん」

「俺がまとめたるわ。つまりここにいる山本さんは、おっちゃんの孫いうことやな」

「そんな……恵美は今どこに……」

「母は、数年前に亡くなりました。あなたにも訃報の電話をしましたが、お葬式に来なかったじゃないですか……」

「亡くなった？　いつや、そんな知らせ来てへんぞ！」

「父は連絡したと」

「あの男のことや。そんなんでたらめや」

「あなたは一度も僕たちを助けてくれなかったじゃないですか！　今更そんな言いわけされても！」

二人の口論はヒートアップしていく。お互いに聞く耳を持たずに主張をぶつけ合っていて、なんと言って止めに入ればいいだろうか、困惑していると雅が話に割り込んだ。

「……山本さん、あんたは服部さんに幻想を抱いてるんやな」

「はい？」

山本さんは、雅を睨んだ。小馬鹿にされたと思ったのか、怒りが露わになった目をしている。けれども雅は構わず続ける。

「俺は二人の事情は知らん。けどな、あんたから感じる陰湿な気はわかった。あんたは、服部さんに悪人でいて欲しいって幻想を抱いてるわ。じゃないと自分が受けた理不尽さの矛先を向けれへんからな」

「何言うてるんですか、何も知らんでしょ。僕や母がどんだけ苦労したのか！」

「知らんよ。でもこれだけはわかる。自分がしんどい時に助けてくれる人がおらんくて、寂しかった、ずっと不安やったっていうことは」

「はぁ、何言うて……」

「母親には心配をかけれへん、父親は話が通じひん。あんたは長いこと感情を押し殺してきて、自分の気持ちに鈍感なんや。でも理不尽な目におうてることは理解している。だから悪人を作って、全てをそいつのせいにしな自分の心がもたへんかった」

「いや、そんなわかったようなこと言ってますけど、実際に見捨てたんですよ、この男は！」

吐き捨てるような山本さんの言葉は、どこか悲鳴のようにも聞こえた。山本さんが辛い目に遭ってきたのは事実だ。けれども、服部さんには何の後悔もなかったのだろうか。

「服部さん、何があったのか話せますか？」

服部さんは山本さんにまっすぐな眼差しを向け、少しためらいながら語り出した。

「……恵美がどこにいるか興信所に頼んで捜したんや。やっと連絡先が掴めて電話したら、……うちにはもう家族がいるから心配せんといてって……」

混乱しながらも、記憶を手繰り寄せて話す服部さんの目には涙が滲(にじ)んでいた。

「そんなの嘘や……僕らを見捨てたんやろ」

「嘘やない、何回も会おうと恵美に連絡したんや。そしたらあの男から連絡が来てな、あんたらが認めへんかったんやから今更連絡してくるな、と。そっから連絡が取れんくなった」

「でも、会いに来るとかできたやろ？　一回も顔見せんと、見捨てたんも一緒や」

「元々私の古い考えを恵美に押しつけてしまったことで、恵美がいなくなってしまった。だから、親としては複雑やけど……恵美に会えんでも、どこかで幸せでいてくれてるならと……そやのに、もう絶対会われへんとわかるのが……こんな……」

声を押し殺しながらも、嗚咽するように涙を流す服部さん。大粒の涙がボロボロと、ぎゅっと握りしめた両手に落ちていた。

「すまんかった。元はといえば私のくだらんプライドのせいや。お前にかけてしまった苦労は一生かけて償(つぐな)っていく。ほんまにすまんかった」

服部さんは立ち上がり、山本さんのそばに正座すると涙を流しながら土下座をした。次第に叫ぶような泣き声になり、背中を震わせながらずっと頭を下げていた。

その姿に山本さんは最初驚いていたが、次第に心が通ったかのように肩を震わせ、その場に座り込んだまま、まるで子供のように泣き出した。

長い間、抑圧してきた気持ちこそ違えど、同じ大切な人を思って流した涙なのだろう。

「恥ずかしいところをお見せしてすみません。あとは二人で話し合いたいんで席外してもろていいですか……」

泣きはらした赤い目をこちらに向けて服部さんは弱々しい声で呟いた。山本さんも目に涙を溜め、か細く「ありがとうございます」と深々と頭を下げた。


後日、山本さんから手紙が届いた。服部さん夫妻は、恵美さんが駆け落ちをしていなくなってしまったあと、ひどく後悔していたそうだ。

自分たちが恵美さんの人生を決めようと追い詰めてしまった自責から、恵美さんを深追いすることもできず複雑な親心を抱えていたようだ。その後も山本さんは菊一に身を置くことを決め、伝統ある料亭を継承しようと修行を重ねることを選んだらしい。懐中時計が繋いだ二人は、これから家族になるために時を重ねていくのだろう。

「まぁ、二転三転したけど、最終的に落ち着くとこに落ち着いたみたいやな」

口先では他人事のように突っぱねるものの、雅も少し安堵したような笑みを浮かべていた。今思うと、雅の俯瞰した一言が、二人の心が通うきっかけの一つとなったのかもしれない。

「そういえばさ、あの懐中時計なんだけど、わかっててわざと年配の男性って言ってたのかな」

「ん？　どういうことや」

「だって元々の持ち主は服部さんだったけど、今の持ち主は山本さんだから戻ってきたわけでしょ。もし最初から山本さんに返してたら二人は今みたいにならなかったんじゃないかな」

「もしそうやったら、俺らが付喪神に上手いように使われてたってことになるやん」

「まぁ、それでもいいんじゃないかな。付喪神もそうなることを望んだのかも」

一見すれば、ただの小物かもしれない。けれども物の一つ一つには何かしらの人の想いが詰まっているのだと、付喪神返還を通して感じるようになった。購入した時、人に渡した時、物と共に過ごす日々の中で、その時々に想いがあり、いわば人生の一片の記憶がそこには詰まっているのだとも言えるだろう。

第六章　六道まいりと天の羽衣

「はぁ、だいぶ暑なってきたな、エアコン弱ない？」

雅は手を団扇代わりにパタパタ扇ぎ出した。七月も末に差しかかると急に夜も暑くなり、一日中エアコンを稼働していないと全身から汗が滲み出すほどだ。

「もうちょっと強くしよっか」

「うわっ、なんや、めちゃくちゃ臭？」

強風に設定したエアコンからは、不機嫌そうな唸りと共にカビ臭い臭いが流れてきた。

「あかん、俺臭いに敏感やねん……止めて！」

雅は袖で鼻を塞ぐと、大袈裟に首を横に振った。そういえば妖力の次に容姿が、容姿の次に嗅覚が優れていると自称していたっけ。

「掃除しないとね。お店用の扇風機あったかな。ちょっと私フィルター洗うから、雅は扇風機捜してきて」

「せやな、どこにあるんや？」

「お店の方の物置にあると思う、そこ見てきて。鍵もお店のカウンターにあると思う」

雅は、鼻を袖で押さえたままウエッと時折えずいて階段を下りていった。顔が少し青ざめているようだったが、大丈夫だろうか。

とりあえず、私はフィルターを外してお風呂で洗うことにした。カビの臭いは業者さんに頼んで配管まで洗わないと取れないかもしれないが、とりあえずフィルターだけでも綺麗にしよう。

フィルターの目詰まりしている埃をゴシゴシとブラシで落とし、洗剤に浸けようとしたその時だった。一階から何かが崩れるような物音がした。雅が誤って何か落としたのだろうか。

「なんかすごい音したけど大丈夫？」

階段を下りながら声をかけるも返答はない。一階に下りて、物置に入ると、雅は背を向けたままじっとしていた。

「雅？　どうしたの？」

「……なんで、こんなもんがここにあるねん」

「ん？　なに？」

振り向いた雅と目が合った時、私の背筋に寒気が走った。雅は、今まで見せたことがない冷酷さと殺意すら感じさせる眼差しをこちらに向けていた。瞳の奥に深い闇が込められていることが窺える程に、怒りに満ちた目をしている。

雅の手元には薄手のショールのようなものが握られていた。薄紫色の繊細なショールにどこか見覚えがあるように感じたが、どこで見たものか思い出せない。

「ごめん、何のこと言ってるのかわかんないんだけど……それがどうかしたの？」

「……これは吉祥天の羽衣や」

雅の声が震えているのがわかった。そういえば扇月さんで撮影した時、記憶共鳴で見えたショールに似ている気がする。そんな物がなぜうちに保管されているのだろうか。

「隅に置いてあった箪笥のな、下段だけ妖力で封されとったんや。妖でも閉じ込められてんのかと思って封を解いてみたら――これが出てきた」

「でも私、本当に何にも知らないよ。封とかもよくわからないし」

雅はじっと私を見つめた。

「いや、そんなわけあらへんよな」

その場にただ立ちつくし独り言のように呟く雅の言葉が、何を意図しているのかよくわからなかった。

雅がずっと捜していた吉祥天の羽衣が、どうしてうちにあるのかは私にもわからない。

「ごめん、力になってあげたいけど本当に何も知らなくて」

雅はしばらく黙ったあと、顔を上げた。

「おばあは今どこにいるんや」

「奈良の親戚の家に住んでる。おばあちゃんにひどいことしないよね？」

「そんな目的で行くわけちゃう、何でこれを持ってるんかを聞きに行くだけや」

「どうしても、吉祥天を捜さないといけないの？」

「……俺が何百年も百鬼夜行をまとめてたんは、吉祥天に会うためや。わかるか？　今にも消えてなくなりそうな期待をどうにか絶やさんように、何百年も人を待つ気持ちがどんなもんか」

雅は共感されたいわけではないのだと、直感的に感じた。でも、気持ちを吐露しなければ気が済まないほどに募る、雅にしかわからない想いがあるのだろう。

「じゃあ俺、おばあのとこに行ってくるわ」

「待って、落とし物が来たらどうしたらいい？」

雅は立ち去る間際、私をまっすぐな眼差しで見つめた。

「明後日には戻る。それと……ほんまに何も知らんのやな？」

「う、うん。初めて見たよ」

「そうか、俺の考えすぎやな」

　雅は、私の頭にポンと手を置くと去っていった。その一瞬、時が止まったように感じられたのは、今まで私が見た表情の中で一番慈しみ深さを感じさせる表情だったからかもしれない。そしてその表情は私にではなく、今でも想っている吉祥天に向けられたものだという思いが、私の心を蝕んでいくのがわかった。

*

　吉祥天の羽衣がどうしてここにあるのか、そう言っていた雅は怒りと悲しみが絡み合ったような表情をしていて、思い出すたびに雅との心の距離が遠くなってしまったような心地がした。おばあちゃんに連絡を試みるも、繋がらない。吉祥天を慈しんでいた表情が、私が見た最後の雅の姿だ。帰ってきた時どんな言葉をかければいいのだろうかと、延々と考えながら納得のいく答えが見つからずにいた。

　だいぶ暑さがやわらいできた夜風にでも当たろうかと窓を開けた時、外から声が聞こえた。

「ごめんください」

玄関に出てみると、そこにいたのは鞍馬(くらま)くんであった。阿吽(あうん)の虎(とら)の阿からひょいと降りると、家の奥をちらっと覗(のぞ)いた。

「こんばんは紫苑(しおん)さん。ミャーをもふりに来たんだけどいる？」

「雅は今出かけていて……」

「どうしたの？　喧嘩(けんか)でもした？」

鞍馬くんに一目でわかってしまうほど落ち込んだ顔をしていたのだろうか。確かに、誰かに話を聞いて欲しかったのかもしれない。私は、吉祥天が誰なのか、あの羽衣が何なのか、思ったままを鞍馬くんに洗いざらい話すことにした。

＊

「そんなことがあったんだ」

鞍馬くんはエアコンの風が心地良い居間で麦茶を飲みながら、私の気持ちに寄り添って話を聞いてくれた。

「その吉祥天って人の羽衣がなんでうちにあったんだろう」

「……紫苑さんはなんでだと思う？」

「わかんないけど、おばあちゃんは付喪神(つくもがみ)の返還人(へんかんにん)でしょ。だから誰かに頼まれて置いてたのかな」

鞍馬くんは残りわずかな麦茶の入ったグラスを手に持って、回すように傾け出した。そうして、残っていた麦茶を飲み干すと静かにグラスを置いた。

「実は紫苑さんに謝らないといけないことがある」

「えっ？　なんですか？」

「実は、その羽衣を持ってきたのは……僕なんだ」

すっと立ち上がった鞍馬くんは、どこを見るでもなく自分の世界に籠っているような目つきで、何か葛藤しているようだった。そしていつも通り言葉を選んで一言だけ呟いた。

「もうミャーには危険な目に遭って欲しくないんだ」

その発言がどう羽衣と関係があるのか聞こうと思ったが、鞍馬くんの深刻そうな顔を見て、質問を飲み込んでしまった。彼が探り探り話している次の言葉を待つべきなんじゃないかという気がしたからだ。

「……でも、それも強欲なのかな」

自問自答するように呟く鞍馬くんは、何か悩みを抱えているようだった。簡単には解くことができない、複雑な思いの絡まった悩みを。

「吉祥天は、ミャーの恋人だったんだ」

簡潔に関係性を示す言葉は、私の中にほのかに残っていた淡い期待を吹き飛ばした。

「なんとなく、そんな気がしていました」

「僕は、吉祥天の居場所を知っている。ミャーの心中もわかるが、それでも一度途絶えた縁を再び繋ぐことは反対だった」

「雅はそのことを知ってるんですか？」

「いや話していない。でもミャーが羽衣を見つけたなら、結局あの人の予想通りになったんだね」

「あの人？　誰のことですか？」

「僕は反対してたけれど、二人の縁をもう一度繋げたいって思ってる人もいてね。正直何が正解かわからないけど、縁っていうのは思いで変えられるようなものじゃないのかもね」

吉祥天の居場所を知っている人は他にもいて、雅が吉祥天と再会するのも時間の問題ということか。ハッピーエンドの蚊帳の外にいる自分がどう思おうが、二人は強固な縁で結ばれているという事実は変わらないのだと思い知った。

「ところでミャーはいつ帰ってくるの？」

「おばあちゃんのところに行ってて、明後日には戻ってくるみたいだけど」

「……そっか。本当は今日、ミャーに伝えることがあってきたんだ」

「雅が戻ってきたら、何か伝えておきましょうか？」

「実は、この間五月満月祭に紛れていた妖狐が、ちょっと厄介な奴かもしれなくて」

　五月満月祭でぶつかった女性の面を拭いた時、地獄絵図のような光景とそれを娯楽のように愉しんでいる相反した感情が流れ込んできたことを思い出した。もしかしてあの人のことだろうか。

「そいつは黒闇天の手下かもしれない」

「黒闇天って確か吉祥天って人の……妹でしたっけ」

「ミャーから聞いた？　黒闇天もミャーに好意を寄せていたんだ。ミャーが変化大明神になったのは、吉祥天を守るためだったんだ。でも変化大明神になったせいで洛中に入れなくなってしまって」

「もしかしてその妖狐が雅を追ってるんですか？」

「祭りに紛れ込んだ意図はわからないが、警戒しておいた方がいい。黒闇天は閻魔に嫁いだと聞いたけど、今はどうしてるかわからない」

「じゃあ、雅を捜してる可能性も……」

「だから、これを渡しておく」

鞍馬くんは木でできた小さな箱のようなものがついたネックレスをそっと私の首にかけた。木目に派手な金色とネオンイエローがあしらわれている、いかにも鞍馬くんが好きそうなアンバランスなデザインだ。

「これはなんでしょうか？」

「天狗に聞こえる鹿笛だよ。もし何かあったらこれを吹いて僕に知らせて」

「ありがとうございます……」

「ミャーにも話があるからまた明後日来るよ」

外で寝ていた阿にまたがると、鞍馬くんは空高く飛んで行った。雅はきっともうすぐ吉祥天を見つけ出して二人で仲良く過ごすのだろう。嫌な妄想は断ち切ろうとすればするほど膨らんで、私の胸を締めつけた。

翌日、あまり眠れないまま朝を迎えた。いつもの習慣で家の前を確認しに行くと、そこには黒い篠笛が落ちていた。

「久々の落とし物だ……」

竹に塗りを加えた黒い篠笛は、ずいぶんと年季が入ったもののようで、所々色が褪せていた。

明日には雅が帰ってくるが、今日は篠笛と一晩過ごさなくてはならないということか、どうしよう。また前のように邪気に飲まれた状態になって襲われたら……と不安が募る。早く持ち主の元へ返してしまいたいが、よく考えると朱雀の羽根もない。雅が持ったままだ。どうしよう、ひとまず撫でてみるしかないと、お店のテーブルに置いた篠笛に手を伸ばした時、篠笛が静かに震え出して、笛の形を残したまま手足と顔が生えた妖の姿になった。

「わっ、びっくりした！」

「こんにちは、ここが付喪神返還人の方の住居でしたでしょうか？」

「うん、そうだよ」

「良かったです、これで持ち主のところに帰れるんですね」

「うん。そうだけど、もしかしたら時間がかかっちゃうかもしれない。いつもは手伝ってくれる人がいるんだけど、今日は一人で……手がかりを探すのに時間がかかっちゃうから」

すると、篠笛は不思議そうな顔でキョトンとしていた。

「僕は持ち主のことを覚えていますよ。届けてくれるだけでいいんです」

「えっ！　それは助かります」

どうしようかと思っていたが、記憶があるなら一人でも返せるかもしれない。

「はい、ただ持ち主は……もうこの世にはいないんです」

「じゃあどうやって返せば……」

「音色を届けて欲しいんです。ちょうど六道まいりの時期がやってきます」

「六道まいりってあれですよね、盂蘭盆に『オショライサン』をお迎えするっていう」

「そうです。僕の持ち主は能楽師でした。生前共に過ごしたのですが、彼の死後他の人の手に渡ってしまいまして。持ち主が精霊として帰ってくる時に音色を届けたいのです。そうすればきっと彼も安心すると思うんです」

　既に亡くなっている持ち主を、自分なりに供養したいということらしい。今までこういう依頼はなかったのだけれども、私は篠笛の気持ちに少し共感した。

「わかった、じゃあその音色を持ち主のところにきちんと届けるよ」

「ありがとうございます。ただ一点、問題がありまして……」

「どうしたの？　なんでも話してみて」

「実は、持ち主の死後、僕は音が出なくなってしまったんです。もしかすると、自分以外には奏でられないようにしたいという持ち主の念が込められているのかもしれません」

「そうなんだ、じゃあ私が吹いても音が出ないってことか」

「きっと持ち主の精霊を迎えれば、吹いてくれると思います」

テーブルの上からこちらを見上げて、身振り手振りを交えながら篠笛は教えてくれた。六道まいりは八月七日から十日までの「盂蘭盆」の間、六道珍皇寺で行われる行事である。「オショライサン」とは先祖の霊のこと。通常ならば、盆花である高野槙を買ったあと、水塔婆に戒名を書いてもらう。そうして境内にある迎え鐘を撞き、先ほどの水塔婆を水に浮かべて供養する「水回向」を行って納めるという手順を踏むようだ。しかし、今回は持ち主に篠笛を吹いてもらうことが必要なので、盂蘭盆が来るより前の八月一日の夜に迎え鐘を撞くだけでいいようで、できるだけこっそり行いたいとのことだった。明日はちょうど八月一日だ。

私は、この時落とし物が鮮明に記憶を保持していることに、なんの違和感も覚えなかった。それどころか雅がいなくなって不安だったこともあり、手間が省けて良かったと安堵さえ感じていた。危険というものは、物事に慣れた頃にやってくる。この時私は、妖という存在を、少し甘く見ていたのかもしれない。

八月一日が来た。夜風はしんと息を潜め、じめじめとした蒸し暑さが京の街を覆っていた。夜空には、静寂を纏った上弦の月が佇み古都を眺めていた。

こんな深夜に自転車を漕いだのは、雅と逢った時以来だ。野宮神社を探すために、手足が悴みながらも必死で駆け回った頃から、もう半年が経つ。今日は少し自転車を漕いだだけで汗ばみ、ぬるっとした風に肌を撫でられる。あの日は妖に襲われてしまうことが怖いという一心で雅を捜していた。けれども今は、ただ雅に会えないという事実が焦燥感を駆り立てる。静かに流れる鴨川の河川敷を過ぎ、行灯のついた数台のタクシーがゆっくりと走る四条通を越え、花見小路を通る。闇に溶け込んだ古びた街並みはどこかおどろおどろしい雰囲気があり、そこら中に妖が潜んでいそうな恐ろしさがあった。まるで魔境に迷い込んだような錯覚さえ覚えながら、必死に自転車を漕ぎ、東大路通を西に入ると六道珍皇寺が見えてきた。

　昼間、凛とした神聖さで満たされている寺院も、夜になると正反対の表情に変わる。月明かりがより一層不気味さを醸し出し、木々や石の影は深い闇となって這い、神聖ながらも何か恐ろしいものが潜んでいるかのような不穏さを感じさせる。篠笛によると、八月六日からが盂蘭盆に当たるようなのだが、あの世からこの世までは道のりが長く、八月一日は釜蓋朔日と呼ばれ地獄の釜が開く日だそうだ。この日は閻魔庁も休みとのことらしい。雅も閻魔庁から請け負った仕事として変化大明神という役職についていると言っていたが、篠笛によると閻魔庁は、死後、六道のどの世界に入るかを決めるという業務を行う場所のようだ。生前の行いを閻魔大王と閻魔庁の役人たちが吟味し、善悪の度合いによって死後の待遇が変わるということだった。

　普段、この世にはいない者たちが帰ってくる時期だという言い伝えが、より恐怖心を煽ってくる。篠笛の音色を早く持ち主に届けて帰ろうと鞄を開けると、篠笛は妖の姿になっていた。

「迎え鐘を撞くんだよね」

「はい、そうです。迎え鐘なんですが三度撞く必要があります」

「そうなの？　ここに一回って書いてあるけど」

「一回では持ち主が気がつかないことがあるんです」

　境内には壁穴から一本の紐が出ている社があり、この紐を引くと迎え鐘の音が届くという仕組みになっているようだ。確かに社に貼られた張り紙には一回と書かれているが、篠笛の妖が言う通り、迎え鐘の紐を三回引くことにした。紐を引くと、空気が揺れるようなしっかりとした余韻のある鐘の音があたりに響いた。二回目の音を鳴らすと、さらに周囲に波長が広がっていくように鐘の音が伝う。そして三回目、力一杯紐を引き鐘が鳴った瞬間、ぞっとするような恐ろしさが体中に広がった。さっきまでの周囲に調和した鐘の音とは違う、まるで何か忌々しい物を呼び出してしまったかのような、禁忌に触れてしまったかのような緊張が周囲を包んだ。

「あの、これで良かったんだよね？　今体がゾワッとして」

篠笛の妖に問いかけてみたが、篠笛の妖怪は何も感じていないようだった。

「ええ、それでいいんです。次は持ち主を迎えましょう。そこに冥土に続く冥土通いの井戸があります。そこに私を運んでください」

もうここまできたらさっさと終わらせてしまおうと、井戸へ向かった。井戸の上には鉄格子のようなものが置かれていて、それをどけないといけないようであった。しかし、一人で動かそうとすると中々重い。力を振り絞りなんとかどけると、篠笛の妖が井戸の淵に立って落ちそうになっていた。

「良かった。井戸も無事通じましたね」

「危ない、落ちちゃうよ！」

篠笛の妖を摑もうと手を伸ばした時、手が妖の頭に触れた。その瞬間、目の前がまた粗く歪み、記憶が流れ込んできた。血のような海、そして巨大な剣山のようなものに人らしきものが刺さっている。そしてその光景からくる、まるで曲芸を見ている時のような高揚感と興奮。この恐ろしい地獄のような記憶、前にもどこかで見たことがある。そうだ、あれは確か鞍馬くんに呼ばれた五月満月祭で、お面をつけた女性とぶつかった時に……そこまで思い出した瞬間、急に手首を摑まれ体が井戸に引きずり込まれるような感覚に襲われた。

はっと意識を取り戻すと、さっきまでの篠笛の妖の姿はなく、そこにいたのはおかめのお面をつけた黒髪の女性だった。五月満月祭でぶつかった女性、雅や鞍馬くんがおそらく妖狐だろうと言っていた妖だ。当時は女性だと思っていたが、今見ると女性か男性かわからない。ただわかるのは、悪意を持って私を井戸の中に引きずり込もうとしているということだ。お面から覗いた口元が不気味な笑みを浮かべている。

「三回鐘を鳴らしたことで、閻魔庁への門が開きましたね。変化大明神といるのを見ておかしいと思ったんですよ。記憶共鳴の能力があるのを見て確信しました。よく擬態していましたね」

「離して！　何する気……？」

「黒闇天様に見つかる前に、地獄道に入ってもらいましょう」

振り払おうとしても手に力が入らない。もしかすると、何か妖術がかけられているのかもしれないと気がついた時にはすでに時遅し、私は悲鳴すら飲み込むような深い井戸の底へと、飲み込まれてしまった。

凍えるような冷たさに肌が晒されているような、肌が焼けるほどの暑さであるような、海の底にいる静けさのような、頭が割れるくらいの騒音が響いているような……真実と虚構が交ざり合いそれぞれに主張をする混沌とした意識から覚めると、目の前に飛び込んできたのは真っ暗な空間と、松明の火、そして床に敷かれている、足を広げた人間の標本であった。

「キャ？」

まるで毛皮のように伸ばされた人間の標本のおぞましさに声を上げると、妖狐が標本を踏みつけ、馬鹿にしたように小言を呟いた。

「小野篁も馬鹿なことをした、地獄道に送り込めば良かったものを」

「なんなんですか、ここ。帰してください」

おそらく話が通じる相手ではない。そう直感的に感じたものの、妖狐に頼むしか帰る術はない。声が震えているのが自分でもわかる。

「黒闇天様に、お前を見つけたら地獄道に送り込むように言われている。姿を見るのも嫌なのだと」

「何があったか知らないですけど、私は無関係です」

「今更戯れ言か」

「本当に知らないです！　帰してください！」

「まぁ、口ではなんとでも偽り言を述べられる。浄玻璃の鏡の前でも同じことが言えるか？　付いてこい」

妖狐に無理やり手を引かれ暗闇の中を進むと、大きな門が目の前に立ちはだかった。門は音を立てて開き、その先には楕円形の大きな鏡があった。

「浄玻璃の鏡は真実を映し出す鏡だ。ほら覗き込んでみろ」

目の前に置かれていた浄玻璃の鏡が貝の内側の構造色のように虹色に光り出した。その光を見つめた時、私の心の奥深くで眠っていた断片的な記憶が、水面に浮かび上がる泡のように一つ一つ浮かび上がってきては消える。五重塔のそばでいじめられている猫に出会った記憶、木津川で桜を見ている記憶、そして黒闇天を守るために雪降りしきる中、六道珍皇寺を訪ねた記憶。夢から覚めたと思ったのにまだ夢の中で、何度起きたと思っても、目を覚ませていないような変な感覚だ。何が真実で、何が嘘なのか、交錯した記憶が飛び交うと同時に、知らない記憶に懐かしさが込み上げてくる。同時に足下がふらつくほどの頭痛が走り、記憶を深追いすることができなかった。

「どういうこと……？　今のは何？」

「時空の道へ進むと記憶がなくなるとは本当だったのか……まぁ、記憶が戻ったところで何も変わらない。これから地獄道に突き落とされるのだからな」

妖狐は、松明を持ちながらゆっくりと近づいてきた。あたりは一片の光も差し込まず、まるで洞窟の中にいるようだ。けれども、とにかく妖狐から逃げるしかない。少しでも足止めをしなくては。胸を突き破るような勢いで激しく脈打つ鼓動に頭の中をかき乱されながらも、必死で方法を考えることに集中した。

「おいっ、手を煩わせるな」

松明を揺らしながら、ゆっくりと近づいてくる妖狐の足取りをじっと見た。今ここにあるものは、松明と浄玻璃の鏡だけ。松明は奪えそうにない。それなら、この鏡を使うしかない。

私は鏡の裏側に回り込み、力一杯に浄玻璃の鏡を倒した、鏡は大きな音を立てて倒れ、妖狐の頭に直撃する。鏡は粉々に砕け散り、破片が宙に舞った。

「お前……？」

私は咄嗟に刃物のように尖った大きめの破片を握りしめ、暗闇の中を走り続けた。無我夢中で走ると、喉に焼けるような痛みが走る。けれども走るしかない。しかしどこに逃げれば……その瞬間、何かに躓いてしまう。地面に打ちつけられた痛みが体中に駆け巡るが、ここで立ち止まるわけにはいかない。息を切らしながら立ち上がろうとした時、手元に何か固いものが触れたのがわかった。これは、鞍馬くんがくれた鹿笛だ。私は最後の望みをかけて鹿笛を吹き鳴らした。プォーと鹿の鳴き声にも似た音が洞窟中に響きわたる。

「逃げようとしても無駄なのがわからないのか？」

鹿笛の音が響き終わると、嬉々とした声と共に、暗闇の中にぼんやりと妖狐の姿が現れた。鞍馬くんを呼ぶつもりで吹いたことで、逆に妖狐に居場所を気づかれてしまったようだ。

「鹿笛か、天狗でも呼んだのか。だがもう何をしても手遅れだ」

不気味な笑みを浮かべながら近づいてくる妖狐から逃れるべく、さらに奥へと走った。すると洞窟の奥から、風が通るような音と呻き声のようなものが聞こえてくる。目を凝らすと、そこには大きな穴が空いていて、行き止まりになっていた。

「その下は餓鬼道だ。落ちれば飢えと渇きに苦しむ餓鬼たちに食い尽くされることになる。ちょうど今は釜蓋朔日。餓鬼たちにも施しをやるとするか」

妖狐は、一本の麻の縄のようなものを手から出現させると、一方の先を穴の中に放り込んだ。

「ここでお前が食われる姿をじっくり見るのもいいな」

垂らされた縄を伝ってきたのか、呻き声のようなものが少しずつこちらに近づいてきた。もう、これ以上先へは進めない、どうすれば……すると、突然目の前から白い火の玉のようなものが飛んできて妖狐の背中に直撃した。

「ぎゃああああ!!」

妖狐は棍棒か何かで背中を突かれたように、体を仰け反らせるとその場に倒れ、這いつくばった。この白い火の玉は、私が初めて付喪神に襲われた時に見た、雅の妖術だ。

「ほんま、妖狐は悪趣味な妖やで」

暗闇の奥から聞き慣れた声がした。死ぬかもしれない危機的状況だというのに、その声を聞いた瞬間、心の緊張が解けたような感覚を覚えた。暗闇の奥を凝視すると、そこにいたのは挑発するかのような鋭い眼差しの雅と、挑戦的な表情の鞍馬くんであった。静かな暗闇の中で、雅の姿がなぜか際立っているように思えた。

「雅！　鞍馬くん！」

「間に合って良かったよ」

「家に帰ったら紫苑の姿はないし、鞍馬がおるし。捜しに出て良かったわ。にしてもセンス悪い鹿笛やな」

「お前が招いてもないのに祭りに来ていた妖狐か、天狗に喧嘩を売った代償はきっちり支払ってもらうぞ」

穴に近づいた鞍馬くんが羽根団扇を餓鬼道に向かって扇ぐと、縄を伝っていた餓鬼たちが振り落とされ、再び穴の底に落ちる。

「くそっ、紐は切れないな」

妖狐の妖術が強いのか、縄は宙に舞っただけで切り落とせないようだ。妖狐は立ち上がり、雅と向き合った。

「変化大明神か、おとなしく百鬼夜行の相手だけしていればいいものを」

「お前、黒闇天の舎弟らしいな。まぁ、お前には百鬼夜行を束ねる器すらないもんな」

「なんだとっ……?」

妖狐が下に向かって手をかざすと、雅の方に向かって一直線に振動と共に地面に亀裂が走った。

雅はその場で飛ぶように地割れを避けると、再び白い火の玉を出して妖狐に投げつける。

「狐はプライドを刺激されるとすぐ感情的になるよな」

雅は妖狐を挑発しながら、次々と白い火の玉を出現させて、攻撃を続けた。しかし妖狐は雅の攻撃を舞うような身のこなしでかわすと、急に姿を消してしまった。

「おい、どこや!」

雅の大きな声が洞窟の中に響く。しかしあたりを見わたしても妖狐の姿はない。

その時「わっ!!!」っと鞍馬くんが叫び声を上げた。

声のする方に顔を向けると、鞍馬くんは手足を大の字に開いた状態で、天井に張

りつけられていた。羽根団扇を固く握った指が意思に抗うようにゆっくりと解けて

いき、羽根団扇は餓鬼道の穴へと落ちてしまう。

「おい鞍馬に何しとんねん！」

その瞬間、鞍馬くんは、縛りつけていたものが消えたかのように、重力を帯びる

と地面に叩きつけられてしまった。同時にさっきまで消えていた妖狐が姿を現し、

鞍馬くんに手をかざすと錘のついた足枷のようなものが出現した。

「餓鬼供に天狗でも食わせてやるか」

妖狐の手の動きに操られるように錘が穴の中に転がり落ち、鞍馬くんの体もそれ

に引きずられ穴の中に落ちようとしていた。必死に浮上しようとするが、錘に逆ら

って落ちないように高度を保つのがやっとのようだ。

「おい、あんまり舐めてたら甚振り殺すぞ！」

雅の白い火の玉が妖狐の上半身に当たり、妖狐はその場に縛られたように膝を落

とした。しかしその瞬間にも、紐を伝って登ろうとする餓鬼たちの呻き声が大きく

なってくる。

「くそっ！　何から片づけたらええんや」

雅は鞍馬くんを助けようと穴の方へ駆け寄り必死で手を掴むが、錘に引きずら

れ、鞍馬くんの姿がどんどん沈んでいく。雅も鞍馬くんに引きずられ、右半身が穴

の中に落ちそうになっていた。

「雅!」

怖い、けれども今ここでじっとしていては鞍馬くんも雅も落ちてしまう。私は雅の方に走り、今にも穴に落ちそうな雅の左手を掴んだ。雅はなんとか右足で踏ん張っているが、あと半歩でも進めば、穴に落ちてしまう。

「頑張って、私が引き上げるから!」

「いや、もう無理や……紫苑だけでもここに残れ」

「何言ってるの!」

どうしよう、早く引き上げたいが落ちないように耐(た)えるので精一杯だ。その時、さっき拾った浄玻璃の鏡の破片のことを思い出した。

浄玻璃の鏡には不思議な能力があったので、おそらく妖力が込められているはずだ。それで紐を断ち切れば、餓鬼たちを再び飢餓道の底に落とせるかもしれない。

「雅、そういえばさっき拾ったの、これで紐を切り落とせるかも」

「拾った? 何をや!」

「これ、浄玻璃の鏡!」

上着のポケットから鏡の破片を取り出した時、首だけこちらに向けた雅が目を丸くした。

浄玻璃の鏡の破片には、私の横顔と雅が映っていた。

その瞬間、浄玻璃の鏡は虹色に光り出し、二人のこれまでの記憶を映し出した。

私の中に眠っていた記憶が再び泡のように吹きこぼれる。けれども、さっきよりもその記憶は鮮明で生々しく、なぜ忘れていたのかが不思議なほどに、過去と現在が流れるように一瞬にして繋がった。

吉祥天、密かに嫉妬を覚えていた言葉は——私の名前だった。

*

もう千年以上昔のことになるが、私は木津にある浄瑠璃寺で寂しい毎日を送っていた。訪ねてくる人間もいるが、人間は天女に比べ圧倒的に短命だ。果てしなく続く孤独感を何かして紛らわせようと、秋が終わる頃に東寺で開かれている骨董などを扱う弘法市を覗いた帰りだった。東寺のそばにある猫の辻で、尻尾に焦げた痕のある猫又に出逢った。頭を撫でると、人間に虐められた記憶が見えた。おそらく生を全うした後、猫又となりその地に住み着いていたのだろう。優しく撫で続けると、猫又は安心したように腕の中で眠った。

「俺は雅っていうねん」

「素敵な名ね、帰るところはあるの？」

「いやない。だから猫の辻にいたんや」

「行く場所がないのなら私の家に遊びにおいで」

最初はただの暇つぶしだった。けれども雅は私に懐き、人の姿に化けては私が祀られている木津川の浄瑠璃寺にやってきて、いつしかそこに住み着くようになった。


私と雅は俗世を離れたような浄瑠璃寺で、ゆったりとした日々を送った。春には木津川で桜を、夏には宇治川まで鵜飼を見に行き、秋には池に映るほどに茂った紅葉を、冬には三重塔の雪化粧を楽しみ、繰り返される四季の中で私たちの関係は変わっていった。愛情に触れたことがない雅と、孤独感を持て余した私。最初は傷を舐め合うような関係だったのかもしれない、けれども互いの優しさに触れるうちに、深い愛情を抱き合うようになっていったのだ。けれどもある日、全てが変わってしまった。


「姉上がこちらにいらっしゃると聞いて」

妹である黒闇天が、突然浄瑠璃寺を訪ねてきた。黒闇天は、可哀想な妹だ。天女様と持て囃されていた私とは違い、不幸を呼び込むと疎んじられることが多かった。

「しばらく洛中で暮らすんじゃなかったの？」

「ええ、そのつもりでしたが、追い払われてしまいました」

「何があったの」

「あまりに恩知らずだったので、屋敷ごと焼き払ってやりました」

黒闇天には冷血で残虐（ざんぎゃく）な一面があった。黒闇天を放っておけば、また犠牲者（ぎせいしゃ）が出るだろう。そう思った私は黒闇天を家に匿（かくま）い、三人で暮らすことにしたのだ。今思うと、それが悲劇の始まりだった。

黒闇天は次第に雅に想いを寄せるようになった。私は黒闇天の気持ちに気がついていたが、見て見ぬ振りをした。黒闇天に雅を奪われてしまわないよう、雅と親しく接しているところを見せつけては黒闇天を牽制（けんせい）しているつもりだった。しかし、それが間違いであった。

そして、そうだ。あれは馬酔木（あせび）が咲くのを心待ちにしていた節分の頃のことだった。馬酔木のつぼみに、雪が積もっていたのを覚えている。

「用があるから出かけてくる」

「こんな雪の日にどこに行くの？」

「岡崎（おかざき）の方に用があってやな」

「他の日では駄目なの？」

「ああ、どうしても今日やないとあかんねん」

雪が降りしきる中、雅は岡崎の方に用があると言って出かけてしまった。その時、黒闇天が神妙な顔つきで私の元へやってきたかと思うと、大粒の涙を流し始めた。

「姉上、どうしましょう。どうか助けてください……！」

「何があったの、そんなに泣いて」

「実は、縁談が来たのです」

「喜ばしいことなのに、どうしてそんなに泣いているの」

「それが……閻魔大王との縁談なのです。地獄の番人の妻として一生を過ごしたくはありません。どうか、私の代わりに縁談を断ってもらえないでしょうか」

黒闇天は縋るように、涙を流しながら私に嘆願してきた。黒闇天の縁談が決まれば、雅と二人の生活が取り戻せる。けれども、そのために黒闇天の人生を犠牲にするのはあまりにも酷い選択だ。思い悩む私の背中を押したのは、黒闇天の一言だった。

「もし断ってくださるのなら、私はこの家を出ていきます。その代わりお願いです。直接閻魔大王に破談を申し入れてください」

私は、雪が降りしきる中、閻魔庁に続く冥土通いの井戸がある六道珍皇寺に向かうことにした。しかしそれは黒闇天の仕組んだ罠で、私はそのまま六道へと連れて行かれたのだ。

浄玻璃の鏡はそこまで伝えると、虹色の光は消えて再びただの鏡の破片のような姿に戻った。そのあとのことは私にも思い出せない。なぜ現世にいるのか、その記憶はプツリと途絶えていた。

＊

「吉祥天、ここにおったんか」

震えている雅の声を聞いて我に返った時、大粒の涙が流れていることに気がついた。

「全部、思い出した……」

「ごめんな、気づくん遅なって」

聞き慣れた声のはずなのに、なぜか懐かしさで胸が一杯になり、涙が止まらない。

「随分捜したで、最期に会えて良かったわ」

私を握る手の力がふっと弱まる。

「何言ってるの……」

握っていた鏡を手放し、両手で雅の手を握る。けれども雅の指はゆっくりと力を失っていく。

「ずっと、何百年も後悔してたんや……一人ぼっちにさせたことを」

雅は、慈しみ深い微笑みを私に向けた。いつも見る魔性の笑みとは違う、温かで慈愛に満ちた眼差しだった。

「俺はもうそばにいてやれんけど、でもまた誰かと出会ってくれ」

雅はこのまま落ちるつもりだ。でも、こんな悲しい別れ方は絶対に違う。弱気になっているだけで雅も納得いっていないはずだ。私は振りほどかれそうな雅の手をさらに強く握った。

「また恋人になれたのに、そんなすぐ諦めないでよ！　この一年は恋人だって、雅が言い出した約束でしょ！」

弱気になった雅を奮い立たせるための言葉が何か、考える余裕なんてなかった。だからこれは私の願いだ。でも雅も同じ気持ちでいて欲しいと、素直な気持ちのまま叫んだ。その気持ちが、雅に届いたのかはわからない。けれども雅は、私の言葉を聞いて何かを思い出したように目を丸くした。

「……そうか、助かる方法が一つだけある」

「えっ？　何？」

「俺らが恋人同士ってことや」

「どういうこと？」

「野宮神社で言われたことを思い出せるか、それが手がかりや」

その時、雅に助けてもらった夜のことを思い出した。あの時は他の妖に聞かれないようにと、雅は私に黒鳥居という手がかりを出して野宮神社に呼び出した。今回も、妖狐に聞かれないように、手がかりを出したということか。そうだ、野宮神社で契約を結んだ時、六条御息所が言っていた。一年後、二人でお礼参りに来いということ、紐の効力は一年だということ、そして、薬指の紐には妖力が込められているということ……。私は、雅が示した手がかりに全てを託すことにした。失敗すれば全員死んでしまうだろう。けれども、その可能性に懸けるしかない。

場に縛られて動けなくなっていた妖狐に向かって私は声を張り上げた。

「あなたの妖術の恐ろしさがわかった、雅よりも圧倒的に優れていることも」

妖狐はにっと勝ち誇った顔でこちらに視線を上げた。

「このままだと私たちは餓鬼に食べられて死ぬ。だから取引しない？」

「ほお、魅力的な取引材料を持っているとは思えないが」

「私の薬指。この烙印があれば、陰陽師から奪った式神たちに妖術を込めてさらに力を増強した黒式神を操れるんだけど」

「黒式神か、噂には聞いたことがある。だがなぜそんなものを持っている？」

「陰陽師と争闘した六条御息所から譲り受けたんだけど、どうせ餓鬼に食われてなくなってしまう。だから薬指をあげるから、私だけでも助けてくれない？」

「それが取引というわけか。保身に走ったわけだな。私は人が欲に眩む瞬間が好きだ、生き物としてあるべき姿だ」

「じゃあ、取引成立ってことでいい？　出口はどこ？」

「……その烙印さえあればいいのだろう？」

妖狐は素早くこちらに走ってきた。走りながら鋭いかぎ爪のようなものを指先に出現さると、私の薬指をめがけて切りつけた。薬指に鋭い痛みが走り、血がにじみ出る。おそらく、出口など教える気はなく、薬指だけ奪ってそのまま私たちを餓鬼の餌食にしようと考えたのだろう。いかにも性格の悪い妖が考えそうなこと、私が予想していた通りだ。

「逃げても同じことだ、さっさと烙印を……」

妖狐が再び腕を上げて私を切りつけようとした瞬間だった、暗闇の中に黒い蝶のような影が多数出現して、妖狐の体に張りついた。

「何だ、離せ?」

黒い蝶のような影は妖狐の体を埋め尽くし出した。おそらくあれが、六条御息所の言っていた黒式神だ。

「やめろ!　お前、謀ったのか……ギャーーー!!」

そこからはあっという間だった。黒式神が妖狐を覆うと、一瞬のうちに妖狐は形状を崩した。黒式神に食い尽くされたのだろう。黒式神たちが飛び去ったあと、そこには妖狐がいた形跡はなく、おかめの面だけが落ちていた。

極度の緊張感の中、まだ手が震えている状態でその場に立ち尽くしていると、鞍馬くんが雅の手を握り、穴から飛んできた。妖狐が消えたことで足枷と錘が取れ、餓鬼達が登っていた糸も切れたようで、私たちは何とか一命を取り留めることができた。

「助かった……紫苑さん、ありがとう」

鞍馬くんを見ると、足に怪我をして流血していた。登ってきた餓鬼に嚙みつかれたようだ。もう少し遅ければ、私たちは助かっていなかったのかもしれないと思うと、心底ゾッとする。

「怪我、大丈夫か?」

雅が私の手に優しく触れた。会いたかったと抱きつきたいような、良かったと泣きつきたいような初めての衝動が湧き上がってきた。吉祥天に完全に戻っていればそうしていたかもしれない。けれども、正直、気恥ずかしさが勝ってしまって何もできなかった。多分その理由は、私が紫苑としても生きてきたからだ。紫苑として、雅と築いてきた関係があるので、急にそんな振る舞いをするのは少し違うような気もしていた。

「うん。あの時、手がかりに気づいて助かったよ」

「妖狐を挑発したのが見事やったな。あんな状態でよく思いついたな」

「普通に言ってもダメだと思って、雅の性格の悪さがうつったのかな」

「なんやそれ！　俺は思いついてへんかったわ！」

からかわれてムキになる雅も、同じ気持ちを抱いているのかもしれない。長年ずっと好きだった人にようやく会えて目の前にいるというのに、直接的に愛情を示すのは、役割に捉われて自分を偽っているような気もする。

「おい!!　そこでなにをしておる！！！」

突如、重厚な声が洞窟の中を揺るがした。怒りに満ちた声と共に地響きに似た足音が近づいてくる。現れたのは巨大な体軀に漆黒の鎧を纏い、鉄の錫杖を持った鬼の姿をした大男だった。ごつごつとした肌は炎のように赤く、口からは火が吹き出るかのような熱い息が漏れていた。凄まじい威圧感と怒りに歪んだその表情に、周りの空気は凍てついた。

「閻魔大王殿……」

鞍馬くんが慄くように呟く。閻魔大王はギョロギョロと私たちを値踏みするように睨みつけ、錫杖でドンと地面を突いた。閻魔大王の圧倒的な存在感を前に、私も鞍馬くんも借りてきた猫のようにただ身を縮こませるしかなかった。けれども、雅だけはその圧力に屈することなく静かに対峙した。

「ちゃうねん、俺らは騙されたんや」

「おい、閻魔大王殿にタメ口きく奴があるか！」

「大丈夫、大丈夫、俺はこのおっさんの部下みたいなもんやから」

「部下ならなおさらタメ口きくなよ」

雅の隣に立った鞍馬くんが小声で注意をしたが、雅は平然とした様子だった。

「どこかで見たことがあると思えば、変化大明神だったか。釜蓋朔日は閻魔庁も休みだと知っているな、何用でここに来た？」

「だから、妖狐に騙されたんやって」

「妖狐だと？　姿が見当たらんが」

「黒闇天の舎弟の妖狐に騙されて落とされたんや」

「黒闇天……今どこで何をしてるんだ……」

「知らんがな、それより出口はどこや?」

「その前に、そこの小娘は誰だ。黒闇天に追われるようなことでもしでかしたのか?」

「この子は付喪神返還人や、関係ない」

「なぜ付喪神返還人がこんなところにおる。まぁいい、浄玻璃の鏡に映せば全てわかる」

浄玻璃の鏡、と聞いて雅と鞍馬くんは一瞬口をつぐみ、見るからにひるんでいる様子だった。全てが映し出されてしまうと、私の正体がバレてしまうことをわかっていたからだろう。けれども二人は、私がさっき妖狐を倒そうとした時に浄玻璃の鏡を割ってしまったことを知らない。

「あの……浄玻璃の鏡なのですが……」

「なんだ?」

閻魔大王が威圧的に私を睨みつける。正直に私が割ってしまいましたと申告すれば、とんでもない目に遭いそうだ。私は、舌を抜かれる覚悟で一か八か勝負に出ることにした。

「さっき妖狐が、割ってしまいました」

「なんだと！　それは誠か？　ワシに嘘をつけばどうなるかわかっておるだろうな」

「紫苑さん、浄玻璃の鏡が割れたって本当？」

鞍馬くんが心配そうに顔を覗き込む。本当だよ、と答えようとした時、雅が口火を切った。

「ほんまや、全部粉々にしおったで。嘘かどうか確認できる状態ちゃうわ」

雅は即座に状況を飲み込んだようで、さきほどの浄玻璃の鏡の破片をぎゅっと踏みつけて最後の証拠隠滅を図っていた。

妖狐から逃げる際に鏡を割っておいて良かった、と過去の自分の行動に胸をなで下ろす。

浄玻璃の鏡が割れたと聞き、閻魔大王はぶつけどころのない怒りに相当な苛立ちを覚えているようだった。束の間の休暇期間にトラブルが起こり、大切な代物が壊れてしまったとなれば、怒るのも当然だろう。

「その妖狐はどこに消えたんだ？」

「ああ、足を滑らせて穴に落ちて餓鬼に食われてもうた」

閻魔大王はそれを聞き「はあ……」と大きなため息をついた。そして「もういい、早く出ていけ。獄卒、こいつらを黄泉がえりの井戸に連れていけ」と言って錫杖を振ると、小さな子鬼を出現させた。子鬼は青い肌をして、背中に羽根のようなものが生えており、可愛(かわい)らしい姿をしていた。

子鬼に導かれ、私たちは洞窟の奥にあるはしご階段の架かった穴に通される。人一人が通るのがやっとの穴をくぐると、そこは六道珍皇寺の敷地の中であった。どうやら冥土通いの井戸も、黄泉がえりの井戸も、どちらも六道珍皇寺の中にあったようだ。洞窟の中は、井戸と井戸を結ぶ直線距離よりも遥(はる)かに長く道が続いていたので、この世とは違う空間だったのだろう。

「戻ってこれて良かった、紫苑さんが鹿笛を吹いてくれたから」

「本当に、この笛がなかったら死んでたと思う、ありがとう」

「ううん。あと、ごめんなさい。僕は二人に謝らないといけないことがある」

「改まってどうしたんや?」

「また明日、ちゃんと説明しにいくよ」

そう言い残すと、鞍馬くんは真っ暗な夜の空に飛び立っていった。そういえばこの間も、私に謝らないといけないことがあると言っていた。そして私たちは二人きりになってしまった。この間までは、二人きりでも何も気負わずに話せたのに、今日は少し気まずい空気が流れている。二人の間に特別な引力が流れているような、肌の表面にぴりつくような意識を感じるけれども、それに気がつかないように意識を逸らしている自分がいる。黙ったままだと、もっと意識してしまいそうだったので、私はいつも通りの振る舞いで雅に話しかけた。

「おばあちゃんに会ったの？」

「ああ、確かに吉祥天の羽衣で、うちに持ち込まれたものやて言ってた」

「他には何か言ってた？」

「落とし物はあんたに届けたで、って。それだけ」

雅は雅で、混乱しているようだった。

「でも正直、どうしたらいいんかわからへん。捜してた吉祥天に会えたけど、でもそれは紫苑で、頭がこうこんがらがるというか……」

雅なりの正直な言葉に心が温まった。人が変わったように愛を囁かれるより、葛藤を素直に伝えてくれたことが嬉しく感じたのは、きちんと私を私として見てくれていることが伝わってきたからだ。

「私も同じ気持ちかも」

私の言葉に、雅は少し意外そうに目を丸くしてから安心したような顔をした。雅が私のことをどう思っているのかは、わからないけれども、きっと私は、再会した時からずっと雅のことが好きなんだと思った。

第七章　付喪神返還人と時を超えた懸想文

翌日、目を覚ますともう昼過ぎであった。昨日、恐ろしい出来事があったこともあり、疲れていたのでぐっすり眠ってしまったらしい。そういえば、今日の昼過ぎに鞍馬くんも雅も来るって言っていたような……どうしよう急いで準備しないと！

慌てて起き上がると、居間に美味しそうな匂いが漂っていることに気がついた。

「紫苑起きたんか？　今、木の葉丼作ってるから一緒に食べよう」

懐かしい声に視線を向けると、そこにいたのはおばあちゃんだった。

「おばあちゃん！　帰ってきてたの？」

「うん、今朝送ってもらってきたんや」

「そうだったんだ。あっ、でも昼から家に人が来る約束があって……」

台所に近づくと、なぜかそこには丼が四つ用意されていた。おばあちゃんは松葉杖をつきながら料理をしてくれていたようで、優しく「みんなで食べよか」とだけ呟いた。

急いで身支度を終えると、雅そして鞍馬くんがやってきた。おばあちゃんが作った木の葉丼がちゃぶ台に並べられる。かまぼこ、九条ネギにしいたけ、そこに甘辛い出汁で煮詰められた卵が絡み合って食欲をそそる匂いがしている。

「旨そうやな」

雅は早速食べ始めた。

「ようけ召し上がって」

おばあちゃんと雅と鞍馬くん。妙な組み合わせで食卓を囲む。おばあちゃんは二人が来ることを知っていたみたいだし、どういう関係なのだろうか？　木の葉丼を食べながら探るようにみんなの顔色を窺っていると、最初に話し出したのはおばあちゃんだった。

「紫苑、付喪神返還人は慣れた？」

「う、うん。初めは戸惑ったけどなんとか……」

「ごめんね、紫苑に勝手に押しつけて。でも無事に返すことができた」

その言葉に反応して、鞍馬くんがお箸を静かに置いた。

「……僕が紫苑さんをこの家に運んだんです」

「え？　どういうこと？」

「ごめんなさい、雅と紫苑さんにずっと黙っていて。雅も怒らないで聞いて欲しい」

「約束はできひんけど、言うてみ」

ため息交じりに雅が呟く。

「その、僕は……紫苑さんが吉祥天だと知っていたんだ。でも、雅には気づいて欲しくないと思ってた」

鞍馬くんは、ことの経緯を静かに語り出した。

「あれは嵯峨野の天狗、愛宕山太郎坊が世襲したばかりの時だから、二十年ほど前だと思う。その時、鞍馬天狗と愛宕天狗の抗争は熾烈化していて、僕は敵陣がある嵯峨野に乗り込んだんだ。その時、派手にやられて鞍馬山に一旦引き返そうと化野を飛んでる時、赤子を見つけたんだ。天女の羽衣を纏った赤子が、化野念仏寺の石仏のあたりに置かれていた。なぜ天女がそんな場所に置かれているのか不思議だったけど、拾ってそのまま鞍馬山に帰ったんだ」

「まぁ、そんな場所に天女が落ちてるなんておかしいよな。丹後ならまだしも。でもその天女が吉祥天やと、なんで気づいたんや？」

「……家に帰って、父に相談したんだ。その頃、父は闘病中だったんだけれど赤子を見せると嬉しそうに抱き上げていたよ。でも、その瞬間発作が起きたんだ」

「発作？　どういうこと？」

鞍馬くんの表情は急に暗くなった。俯き、辛い感情を押し殺すようにゆっくりと話す。

「前に、父が重度の猫又アレルギーだって話したよね。一本でも毛があると、アレルギーを発症するんだけど、その症状が出てしまって……それで、そこから容態が悪化して……」

「亡くなっちゃったの？」

「いや、亡くなったのはそれから五年後の夏越し祓いの時で、水無月を喉に詰まらせたからだから猫又アレルギーは関係ないんだけど」

「ややこしいな！　ミスリードやめろや！」

「それで、赤子を返してこいってなっちゃって。でも化野に置いておくわけにもいかないし……しかたなく、付喪神返還人のところへ連れていったんだ」

「付喪神返還人なら、どんな事情があっても受け入れてくれると。でも天女の羽衣に猫又の毛が付着してるなんておかしいと思って、もしかしたらと千里眼で見てみたら、うっすら時空の道での記憶が見えた」

「付喪神返還人のところへ連れていったら、奥田さんはすぐに、その赤子が誰なのか察していた。でも、僕はお願いしたんだ、人間として育てて欲しいって。もし吉祥天が生きてると知れわたれば、また黒闇天から狙われるだろう。ミャーもその子も危険な目に遭わせたくないって思ってそれで……」

そこまで話すと、鞍馬くんの目に浮かんだ涙が、静かに頬を伝っていった。彼は罪悪感やさまざまな葛藤に長年苛まれていたのだろう。彼の隣に座っていたおばあちゃんは、優しく彼の背中を撫でると、優しい眼差しを私に向けた。おばあちゃんの目にも涙が溜まっているようだった。おばあちゃんも語らなかっただけで、積もる想いがあったはずだ。

「紫苑、ずっと黙ってて堪忍な。それと出自のことも嘘ばっかりついて、本当に二人に申し訳ないことをした。あんたを危ない目に遭わせへんために、最初は人間として育てようとしてたんや。でもな、紫苑には不思議な能力があった。それは奥田家に伝わるものではない、天女としての才やった。去年くらいにな、紫苑からお地蔵さんを触ったら不思議な光景が見えたって聞いた時に、もう天女としての才が目覚めてることを知ったんや」

「でも、そういうこともあるって鞍馬くんが」

「……ごめんなさい。紫苑さんに付喪神返還人の才が目覚める前兆だ、と言っていたけれども、あれは天女の能力だって本当は僕もわかっていたんだ」

「天女と人間は寿命も違う。これ以上人間として育てても、誤魔化すことはできんくなる。全てを話すことはできひんけれども、せめて縁を繋ごうと。ごめんな今まで黙ってて」

　嘘をついて申し訳ないと謝りながら語るおばあちゃんだったが、私は怒りどころか頭を上げて欲しいという想いで一杯だった。大人になるまで大切に育ててくれたのは紛れもなくおばあちゃんだ。

「そんな、謝らないで。二人のおかげで私は死なずに済んだんだし」

「ありがとう。紫苑、これが最後の落とし物や」

そう言うとおばあちゃんは、ちゃぶ台の下に置かれていた風呂敷を取り出した。風呂敷を解くと、そこには薄紫のショール、いや天女の羽衣が包まれていた。

「おばあちゃん、これって……」

「雅がうちに来た時にな、預かったんや。ようやく持ち主に返すことができた」

おばあちゃんの目には涙が溜まっていた。けれどもいつものおばあちゃんの優しい目つきではなく、付喪神返還人としての使命をやり遂げたという思いが詰まったような、精悍な目つきだった。

「おばあは全てを知ってて、六条御息所のことを俺に教えてけしかけたり、節分の日に俺を呼んだりしたんか。もしかして、足を悪くしたんもそれか」

「それどういうこと?」

「付喪神返還人は、陰の世界の者と繋がることができる、でも陰の者の力を私欲で利用するようなことがあれば天罰が下る。六条御息所の力を借りて、付喪神ではない紫苑と俺を結びつけるように図ったからそうなったんとちゃうか」

「おばあちゃん、そうだったの？」

「深く考えすぎや、これはただの歳や」

おばあちゃんはいつもの通り優しく微笑むだけで、それ以上のことは話してくれなかった。もし私と雅の縁を繋ぐためにおばあちゃんが足を犠牲にしたとしたら、どう恩を返せばいいのだろうか、一生かけても感謝しきれない。

雅も頭の中で思いを巡らせているようだった。初めて雅と出会った日。あれは偶然ではなく、おばあちゃんが意図して繋いだ縁だったのか。私と雅が再び出逢えたのは、鞍馬くんの優しさと、おばあちゃんの思いのおかげだと、この時知った。

「私、浄玻璃の鏡を見た時、今までの記憶が戻ってきたんだけど、六道に落ちるところまでしか記憶がなかったの。そっからどうやって現世に戻ってきたんだろう」

「それは……ミャーのお陰だよ」

「え？　どういうこと？」

隣に座る雅を見ると、少し照れくさそうでそわそわした様子だった。

「あー、その……俺が小野篁に交渉したんや。当時、閻魔には人間の側近がおった。それが小野篁や。小野篁は冥土通いの井戸と黄泉がえりの井戸を出入りして、昼間は役人、夜は閻魔の側近をしとったんや。黒闇天は小野篁を言いくるめて吉祥天を地獄道に送ろうとしたんやけどな、小野篁は裏でとんでもないことをしとった。あいつは、閻魔の秘印の偽物を現世で売りさばいとってな。そんなことしてんのが閻魔にバレたら、まぁ一生地獄に放り込まれるわな。だから、俺はその証拠を摑んで、あいつが冥土通いの井戸に入るところを捕まえて、強請ったんや。吉祥天を助け出すなら黙っといてやると。そしたら、今助け出しても黒闇天に見つかったら同じことになるから、一旦時空の道に逃すのはどうかと言ってきおった。時空の道を通れば、どこかの未来に飛ばされる。ただし記憶は消え、産まれたばかりの状態になるがそれしかない、とな」

私が六道に落とされてから、雅も暗躍してくれていたということか。もし一つでも何かが違えば、私と雅がこうして再会することも、みんなで木の葉丼を食べることもなかったのかもしれない。

「それで、私は時空の道に通されたってこと？」

「ああ。けどな、妖にも寿命はある。猫又の寿命は長生きしても五百年や。待ってる間に寿命が尽きるかもしれん。そしたらあいつは言いおったわ〝変化大明神になって百鬼夜行を束ねるなら永遠の命が貰える〟と。俺は渋々了承したんやけど、それは小野篁の罠でもあった」

「まぁ、昔から頭が切れる奴で有名だったもんね」

　納得したように頷く鞍馬くんと、雅の話を静かに傾聴するおばあちゃん。雅は当時を思い出したのか、ため息をつきながら話を再開した。

「確かに、変化大明神になれば永遠の命は手に入る。でもな、洛中に入れなくなるんや。小野篁は、俺が閻魔と接触することがないように洛外に閉じ込めたんや。まぁ結局、秘印のことは漏れて、標本にされたらしいけどな」

　雅が変化大明神になった経緯にまさか私が関わっていたとは驚きだった。小野篁の罠だったとしても、何百年も私のことを待つ覚悟があったことには変わりない。ここにいる全員のおかげで私が今ここに存在できているという実感が、徐々に湧いてきた。

「おばあちゃん、雅、鞍馬くん、いろいろありがとう。私はずっと助けられてきたんだね」

「紫苑さん……」

「記憶が戻った時は混乱していたけど、みんなに大切にされて今ここに存在してるんだって、話を聞いてそう思ったよ」

「そんな風に思ってくれるなんて、紫苑は優しい子だねぇ。縁を繋ぐためとはいえ、付喪神返還人を無理やり押しつける形になってしまったのに……」

「そのことなんだけど、私これからも付喪神返還人をやってもいいかな。……返還人は一回切れてしまった縁をまた繋ぐ仕事でしょ？」

「そうね、まさに縁を繋いでいるのかもしれないね」

おばあちゃんは優しく頷いた。おばあちゃんが犠牲を払ってでも私と雅の縁を繋ごうと思ってくれたのは、きっと付喪神たちと接してきたからだ。縁が切れてしまうことにも、さまざまな思いや語られなかった空白がある。その縁を再び繋ぐことで初めてわかることがある。最初は、会いたいけれども会えない人がいるという付喪神が抱える喪失感(そうしつかん)に共感していた。けれども今は、縁を繋ぐ手助けを自分ができるならば、それを全(まっと)うすることが天命なのではないかとすら思える。

「ええんとちゃうか」

一番最初に同意してくれたのは雅だった。雅に顔を向けると、雅は温かな目をしていた。そしてちゃぶ台の下で、励(はげ)ますように私の手を握った。

「俺も手伝うから、よろしくお願いします」

おばあちゃんに頭を下げる雅。もしかすると、雅も私と同じ想いなのかもしれない。私は雅の手を握り返した。

＊

京の古い町並みに、雪が静かに舞っていた。白い雪は平安神宮の大鳥居や国立近代美術館の屋根にも雪化粧を施し、二条通はいつもよりも幻想的な雰囲気を醸し出していた。

「はーっ、ほんま寒いな」

指先を擦り合わせると、雅は悴む手に真っ白な息を吹きかけていた。

「でも、ちゃんと買えて良かったね」

「平安殿」の粟田焼が入った紙袋を持ち、路面に薄く積もった雪を踏みしめた。

今日は節分だ。雅と出会って一年が過ぎ、六条御息所のところへ御礼参りに行く日がついにやってきた。

「そういえば、六条御息所は紫苑の正体をわかっとったんかな?」

「どうなんだろうね、今日聞いてみればいいんじゃない?」

「まぁ、それもそうか。俺はわかっとったと思うなー」

時折、偶然触れ合う指にもどかしさと恥ずかしさを覚えながら、私と雅はまばらに溶けた雪の道を歩いた。

「あの、今から一ヶ所寄りたいところあるんやけど、行っていいか？」

「うん、どこ行くの？」

「ほら、今日節分祭やろ。その辺の神社でお祭りしてるか、覗きに行こうと思って」

　雅が少しそわそわした様子なのが気になったが、私たちは町を少し歩くことにした。平安神宮を通り過ぎ、丸太町通を少し北に入ったところにある小さな神社の前で、雅の足が止まった。須賀神社、と彫られた石柱がある神社の境内は、参拝客で賑わっていた。

「特に出店とかは出てなさそうだけど……」

　私が口にすると、雅は急に走りだした。

「ちょっとここで待ってて」

　一人で境内に入っていく雅を目で追うと、烏帽子に水干姿の平安時代を思わせる格好で顔に白い布を巻いた男性の元へ彼は駆け寄っていた。あの布は一体なんのために巻いているのだろう？　と考えているうちに、すぐに雅はこちらに戻ってきた。そして朱色の縁取りが添えられた便箋のようなものを持ってきて、私に手渡した。表面に字が書かれているものの、昔の文字のようでなんと書いてあるかが読めない。

「これ、なんて書いてあるの？」

雅は、顔を少し赤らめて視線を逸らしながら呟く。

「それは、懸想文や。節分だけ売ってるらしい」

「もしかして、これを買いに来たってこと？」

そこで、私はハッと気がつく。私がまだ吉祥天だった頃、節分の日に雅が岡崎に行くと言い残していなくなったのは、もしかしてこの懸想文を買いに行っていたということではないだろうか。封を開くと、梅の花の絵が添えられた、恋文が記された紙が封入されていた。その昔、文字の読み書きができる貴族が、庶民のために恋文を代筆するという小遣い稼ぎを行っていたそうな。ただし売る時は、身元を隠すために顔を白い布で覆っていたらしい。

「ほら、俺文字には疎いて前に言うたやろ？」

そう言ったあとで照れ臭さを誤魔化すかのように、魔性の笑みを浮かべて顔を覗き込む。何度見ても、脳の奥が痺れるような感覚に陥る。妖力のせいではないのが雅の一番の恐ろしさかもしれない。私は時を超えて、雅が渡せずにいた恋文を受け取った。百鬼夜行を束ねて何百年も私を待ってくれていた、魔性の笑みが素敵な恋人から。

〈了〉

本書は、書き下ろし作品です。

この物語はフィクションであり、実在した人物・団体などとは一切関係ございません。

著者紹介
原田まりる（はらだ　まりる）
1985年生まれ。京都府出身。高校時代より哲学書からさまざまな学びを得る。『ニーチェが京都にやってきて17歳の私に哲学のこと教えてくれた。』で第五回京都本大賞を受賞。その他の著書に、『ぴぷる』『アラフォーリーマンのシンデレラ転生』『まいにち哲学』『私の体を鞭打つ言葉』などがある。

目次デザイン——小川恵子（瀬戸内デザイン）

ＰＨＰ文芸文庫　百鬼夜行の恋人
京都の「落とし物」お返しします

2024年６月20日　第１版第１刷

著　者　原田まりる
発行者　永田貴之
発行所　株式会社ＰＨＰ研究所
東京本部　〒135-8137　江東区豊洲5-6-52
文化事業部　☎03-3520-9620（編集）
普及部　☎03-3520-9630（販売）
京都本部　〒601-8411　京都市南区西九条北ノ内町11
PHP INTERFACE　https://www.php.co.jp/
組　版　株式会社PHPエディターズ・グループ
印刷所　株式会社光邦
製本所　株式会社大進堂

ISBN978-4-569-90409-2